施琪嘉——著

心理学家眼中的
大千世界

你们人类·

台海出版社

图书在版编目（CIP）数据

你们人类：心理学家眼中的大千世界 / 施琪嘉著
. -- 北京：台海出版社，2023.8
ISBN 978-7-5168-3616-3

Ⅰ.①你… Ⅱ.①施… Ⅲ.①散文集—中国—当代
Ⅳ.① I267

中国国家版本馆 CIP 数据核字（2023）第 137738 号

你们人类：心理学家眼中的大千世界

著　　者：施琪嘉

出 版 人：蔡　旭　　　　　　　　　封面设计：仙　境
责任编辑：赵旭雯

出版发行：台海出版社
地　　址：北京市东城区景山东街 20 号　邮政编码：100009
电　　话：010-64041652（发行，邮购）
传　　真：010-84045799（总编室）
网　　址：www.taimeng.org.cn/thcbs/default.htm
E - m a i l：thcbs@126.com

经　　销：全国各地新华书店
印　　刷：三河市嘉科万达彩色印刷有限公司
本书如有破损、缺页、装订错误，请与本社联系调换

开　　本：880 毫米 × 1230 毫米　　1/32
字　　数：190 千字　　　　　　　印　　张：10.25
版　　次：2023 年 8 月第 1 版　　印　　次：2023 年 8 月第 1 次印刷
书　　号：ISBN 978-7-5168-3616-3

定　　价：59.80 元

○ ○ ○

来古冰川前牧民送来的虫草，我不好意思讲价。

○ ○ ○

比萨不仅有比萨饼，还有来自利古里亚时代的港口。

○ ○ ○

冬天只有看见紫红色的蝴蝶兰才觉得生命是有希望的。

○ ○ ○

　　从丙察察下来被塌方堵了两天，堵在一所民宿里，也没有其他游客。下着雨，开着花，飘着云，倒希望就这样一直堵下去，让我得以过上闲云野鹤的日子。

○ ○ ○

来古冰川前突然悟道，子曰："贤哉，回也！一箪食，一瓢饮，在陋巷，人不堪其忧，回也不改其乐。"贤哉原来是闲哉！

○ ○ ○

　　第一次进藏走青藏线，当时的哈雷是蓝色，瓦蓝的颜色应和
了青海湖的颜色，最蓝的据说是当惹雍措，但我觉得从拉萨
出来后经过羊八井沿路没有去的那些湖泊都很蓝很蓝。

○ ○ ○

曼德拉说，你讲的话让人懂了，你的意思到达了他的头，你
用他的母语让他懂了，你的意思到达了他的心。我骑车到了
拉萨，没进布达拉宫，但算是有什么进了我的心。

○ ○ ○

一辈子没和谁有契约，一辈子多次进藏，这样有经历的算"舔狗"、野狗，还是文青狗。

○ ○ ○

见过很多寺庙的"小白"，吃肉的势头不减当年。

Contents 目录

推荐序一　风轻云淡间的生命体验 ○ I

推荐序二　大千世界中的琪嘉 ○ I

观世界 / 天近星辰大，山深世界清

热干面师傅的格局 ○ 003

又见炸酱面 ○ 007

我们为什么要去西藏 ○ 016

欢喜坨 ○ 026

甲米一家子 ○ 030

我们都有病 ○ 040

骑摩托车的人 ○ 045

医学院盛产文青与音乐家 ○ 054

藏地的虫草 ○ 064

哀悼与城市发展 ○ 071

汪口那条从容的狗 ○ 078

礼而不周乎 ○ 087

论心理 / 己欲立而立人

与弗洛伊德殊途同归 ○ 097

粮食与汤 ○ 102

因为爱你，所以我要成为自己 ○ 105

男人之间最大的战争就是爱上对方 ○ 108

有一种感觉 ○ 112

自恋的悲剧 ○ 113

尖叫·吼叫·男人乎·女人乎 ○ 120

傻子的快乐 ○ 126

享受痛苦 ○ 129

病人的出路 ○ 133

治疗师的阻抗 ○ 141

攻击自己的病症 ○ 149

病人秦始皇 ○ 158

单纯的代价 ○ 180

现实与浪漫 ○ 184

谈教养 / 解落三秋叶，能开二月花

孩子第一天上幼儿园 ○ 191

儿童三宝 ○ 196

玫瑰为谁而送 ○ 203

自我与界限 ○ 211

小女子自能以柔克刚 ○ 215

父母对孩子的自恋性伤害 ○ 219

寻找亲生父母的心理意义 ○ 222

假装不长大 ○ 230

少年维特的烦恼 ○ 237

轻于鸿毛的养育之累 ○ 246

寄长情 / 不思量，自难忘

船、江与父亲 ○ 253

墓地与隔离 ○ 257

告别子勋 ○ 261

那些猝不及防的分离 ○ 264

老友记——纪念钱老师 ○ 268

好玩、坏笑和有很多癖好的老雷 ○ 272

之琴与友 ○ 276

距我和老冯买亚运彩票，已经三十年整了 ○ 279

毛头恋爱的球，倒是射得又刁又准 ○ 282

古来文青多寂寞，愤青眼里皆沙子 ○ 286

老F终于可以想说啥就说啥了 ○ 289

那些年心心念念过的女老师 ○ 292

同学群里来新人 ○ 297

女大十八变 ○ 302

推荐序一　风轻云淡间的生命体验

我现在看书也好，看文章也好，比较喜欢琢磨作者文字背后的三观，是偏消极的，还是偏积极的，是"降临派"，还是"拯救派"。收到琪嘉发来的电子版书稿，第一眼看到书名"你们人类"，瞬间的感觉是不是在贬低挖苦我们人类所具有的但又不愿承认的劣根性，或怀疑自己是否也不配做人类。然而，仔细阅读全书内容后，感受到的是满满的作为人类的独特性和丰富性被发现、看到和欣赏。是我格局小了，只习惯于挖掘、探索阴暗的人性侧面，却又喜欢玻璃心般的防御。

有句老话说："不是这个世界缺少美，而是缺少发现美的眼睛。"单单用发现美这一描述，似乎还不足以形容这本书的内涵和风格。书中的琪嘉，不论是观世界，还是论心理，或者谈教养，又或者寄长情，都是在以自己的独

I

特的方式建构色彩斑斓的内心世界，这就要"进得去"，朝内走得深，需要对自己内心足够的敏感和面对的勇气；而在全身心投入当下体验生命感受的同时，又要能够"出得来"，时不时抽身出来审视自己，审视周围的一切。阅读琪嘉的书，有一种切换自如、融会贯通的流畅美感。生命的激情和令人嫉妒的才华也跃然纸上。所谓"讲好自己的故事"，不是一种刻意努力，不是一种强行叙事，而是自然而然的呈现，这才是一种我所欣赏和渴望达到的境界。吃碗武汉热干面，不忘感受一下下面师傅的格局； 来一场说走就走的西藏游，蕴含着多少内在的豪迈和努力置身于世俗之外的决然；骑辆很有高级感的摩托车，体验的不仅是拉风和狂野的感觉，更是在感受重要内在客体的期待和联结；而做心理治疗的感悟，当然更是要把自己投入到关系中，是"来源于生活而高于生活"的职业活动；教养和长情，就是亲情和友情，我认为这是人类看外面世界和从事职业活动的原动力。

　　读了此书，我想大家必然会感受到，诗、远方与情怀，是需要有"实力"支撑的。看一个人，是如何感受自己和周围世界的，是如何和周围重要的人、事建立关系的，这来源于和重要他人的情感互动；一个人有了充足的内部世界，才能运用各种适合自己的方式调节冲动、情感和自我价值；有了感知，还要有通过情绪和幻想进行内在交流的能力和与他人交流的能力；这一系列独特的风格会给个体在特定情境的体验"上色"，在日常生活中呈现或付诸生活。

我们每个读者都可以此为参照，感受和共鸣自己独特的生命体验。从事心理咨询和治疗这个职业，必然重视共情的能力。共情意味着分享、体验另一个人的情感，是"体验性自我"的一种功能，而直觉则是"观察性自我"的一种功能。这两种现象能够使人通过许多方式进入另一个人心中并融合进去。要了解人的潜意识，需要对于人、人的生活方式、情感、幻想和思维有丰富的兴趣，有探究的欲望。推动一个人朝这个方向努力的能量来源于他的好奇心，这种好奇心的分量应该很足，而且本质上是善意的。 我们每个人都希望对生命意义获得领悟，对领悟的追求和传递也是一种对抗我们内心不确定的恐惧的方法。

张海音

上海市精神卫生中心主任医师

2023.3.22于上海

推荐序二 大千世界中的琪嘉

2004年，我请琪嘉到清华大学讲课。他口若悬河、滔滔不绝，给我留下满腹经纶的深刻印象。那些年，他随身的书包总是塞得满满的，都是各种书，中文的，英文的，德文的，还有专业杂志、人文期刊等。我觉得他就像是饕餮，贪婪地恶补着各种知识。因为他说自己是后来才进入精神分析和心理治疗领域的，之前，他学的是神经内科。

大概十年的光景，琪嘉把专业阅读的原始积累已基本完成了，因为我明显感觉他讲课的速度和缓了下来。讲课的时候，引经据典、旁征博引的他，焦点清晰，框架简洁，不知不觉中带我进入深入思考的状态，而不再令我关注其炫目的光彩。

之后，我注意到琪嘉的文字和内心越来越多地看向外面的世界，而且，他是用一种儿童般的纯净眼光和信息丰富、用词简洁的照相机般的文字连接自己和大千世界的。这本书中的文章，就是这样的一些文字，让我们看到心理学家眼中的客观存在，以及这些客观存在背后的理性思考。

这些文字极具画面感，引人入胜。读琪嘉的文字，就好像跟随他的照相机镜头，看到了冰天雪地里坚决不收钱、收了钱心里就不妥帖了的东北大爷；看到了十分漂亮、有英格丽·褒曼味道的孟老师；看到了不回答、回答一半、回答不知道或者沉默都是沟通的方式的老雷；看到了在荡漾沉醉的春风、沁人心肺的夏风、萧杀抑郁的秋风、外凉里暖的冬风里自由骑行的他自己。同时，我也看到了这些画面之外，琪嘉投向大千世界的从容目光和舒适回应。是的，是舒适回应。因为他的文字，没有故弄玄虚，没有附庸风雅，没有喋喋不休，没有爹味训诫。

在我看来，琪嘉是一个神奇的存在。他同时是热闹的和安静的、融入的和超然的、世俗的和理想的、将就的和讲究的。和琪嘉一起吃饭、旅行、交谈、咨询、讲课，极大地拓展了我现实和思想的疆界。

这样的琪嘉，在工作的时候，游刃有余地穿梭在来访者或学员的内在现实和大千世界之间。这本《你们人类：心理学家眼中的大千世界》也会帮助读者，游刃有余地穿梭在内心和外部世界中。

刘丹

北京大学心理学博士

德中心理治疗研究院副主席

2023.3.28于北京双清苑

观世界

天近星辰大，山深世界清

热干面师傅的格局

01

一碗热干面5元，30年前也就几分钱，大受欢迎的原因是一大坨面可以让胃产生持续的饱胀感，适合汉口码头搬运工一天的繁重劳动所需的能量，虽然无肉，但里面加葱，加蒜水，加小胡萝卜丁，加酱油，加胡椒似乎有肉前香，然后真正让热干面一战成名的就是一大勺芝麻酱。起初，面是面，酱是酱，丁是丁，谁也不掺和谁，面被压在底下像刚过门的小媳妇，从开水里捞出来后食客立即进入了战斗状态，两根筷子上下翻飞，屁股撅着，两眼紧盯碗中的面和酱，有时嘴里嘶嘶作响，因为面被开水担出发烫，终于面酱合一，直到入口，你都不能说你吃到了正宗的热干面。

只有口里面有劲道，唇齿间软糯出酱香，牙缝里挤进葱花，唉入食道的面非湿非干，几分钟内结束战斗，才算吃到了正宗的热干面。它还有一个硬指标就是不能带到封闭空间吃，热干面分子喜欢挤压、占尽空间每个分子并给它们染上自己的味道，你今天吃了热干面，一天千万别约会接吻，你的宝宝知道，你的同事知道，你上轻轨，全车人都知道。

热干面的面酱入口后，空气中充满了你上至咽喉，下到十二指肠的味道，与原初香味相比，多了几分你的人生辛酸的复杂感受。

这就是为啥老汉口人在吃完热干面后要加一碗浮子酒的缘故，浮子酒就是酒糟汤圆，加一个鸡蛋，除了犒劳自己之前没吃到肉外，还有压味的意思。

02

今天黄昏，在长堤街路口我经过一个热干面馆，主要是被一个其貌不扬的师傅给惊到了，我在犹豫吃不吃的时候，这师傅开口惊为天人，你想不想吃，想想自己吃了快不快活？你快不快活就想想你是为自己活还是为别人活，最没有意思的就是为钱活。

（2021.2，汉口长堤街）

我愣了半天说你这店一天开多久，他云淡风轻地说24小时，我没有从他脸上看出任何倦意，说来一碗吧。他边担面边问要不要辣椒，要不要醋，我说都要，他一分钟搞好递给我。我如此这般操作后入口便夸，这是我吃的最好吃的味道。他宠辱不惊地笑笑，面要烫得深，带水入碗，热干面不干，再就是多加白胡椒。

03

这碗热干面吃出了海德格尔的味道。

不过用李白的诗句来形容这位汉味热干面师傅可能更贴切：

十步杀一人，须臾热干面，

千里不留行，黑夜无须眠。

事了拂衣去，无客望星空，

深藏身与名，深藏名与身。

（2021.2，汉口长堤街）

又见炸酱面

出差前，中午路过桥口附近的天门墩路，我发现一家炸酱面馆，停车步入其内——好久没有吃炸酱面了啊！炸酱面，通常的印象都是北京的炸酱面，1990年在北京念博士时，我同学，一个地道的北京人做过一次：拍黄瓜、拍蒜、甜面酱和一盘多汁肉酱、青椒、干子，挂面用开水过过捞出，搁碗里，然后将上面的调料浇上去就成，黄瓜蘸甜面酱和着面一起吃。北京的炸酱面颇有北京人的豪爽，生熟皆备，咸甜兼有，冷热相混；烦杂在前，简便在后，分类在前，混合在后，吃起来很筋道，有回味。

炸酱炸酱，实际上是肉末加调料用酱油熬出来的酱汁，其实质内容的香其实还是在酱内的猪肉。在一些地区，也有用羊肉末熬成的酱汁。在我看来，天下最好吃的还是猪肉，以前在德国留学的时候，我嫌做菜麻烦，买来猪肉用白水一煮，熟后放冰箱内，回来吃饭时，开水泡饭，然后从冰箱中拿出冻肉，切成片，用酱油一浇——白切肉、酱油、泡饭，简直就是世界上最好的搭配了。但是，我回来后经常有冰箱中的白切肉不是不翼而飞就是少了很大一块的情况。终于有一天，我发现一个平时憨厚的大块头俄罗斯留学生在公共厨房中大快朵颐，手中拿着的，正是俺的"白切"，敢情他把冰箱也当成公共的了。他毫不羞怯、充满好奇地盯着我问：同样都是肉，这肉咋这么好吃呢？

前不久，我到四川李庄——抗战期间，继西南联大后同济医学院转移的最后一站去寻访。发现，李庄的白切肉——他们称为白肉——是世上最好吃的白切肉：薄、大、肥、不腻。

炸酱所用的肉末则需要细细地切、剁，现在你可以直接买肉末，还可以用绞肉机把买回的肉绞碎。但以前，尤其是过节（特别是过春节）时家家不时传出菜刀剁肉的声音，往往是孩子心中最好的音乐——那时缺肉吃啊！盼肉吃啊！所以炸酱面的浇汁是否好吃取决于浇汁中肉的含量，一般来说汁多于肉，但只要有肉在里面垫底，面就是奢侈的面。

我步入的这家炸酱面馆，让我一眼看去有熟悉的感觉，特别是看到其中的一个女师傅，使我想起20年前在长江边的一家炸酱铺子里吃的炸酱面，这个女师傅那时就在那儿工作。那是一家占地面积只有不到10平方米的小铺子，卫生一般，似乎是家族"产业"——一家人长得特别像，来自武汉附近的黄陂地区，该地区人的特点是说话声调变化突兀，最需要强调的地方舌头常带卷，比如"一、二"的"二"他们会说成"哦RR"（先是平声，然后转为去去声，所谓去去声就是比去声还去的那个声调）。以前我们的神经科老师教我们"脊髓横断损害的特点"：损伤平面以下所有感觉障碍、运动障碍和"哦RR"便失禁。我们在答题时，其他的可以忘记，但最后的"二便失禁"是断断忘不了的。这个"哦RR"给我留下这样深刻的印象，以至于在这家被称为"陈记炸酱面馆"的卖票处，我又听到了"哦RR"字时是那样的熟悉，不过她问的是，您要几两面，"哦RR"两还是三两。

这个黄陂小面店仅在数年间就变成了面积为20平方米前后打通的面馆，还带动了米酒、烧卤鸡蛋、牛奶、油条等早点的销售。陈氏面馆从"店"变成了"馆"，它不仅做早餐也做午餐，午餐仍是炸酱面，来吃午餐的人甚至比吃早餐的人还多。现在，它开分店了，仍是主打炸酱面，这次看到的广告牌——24小时营业！我算了算，早上来吃面的人平均10分钟10个人，营业4个小时，平均240人，中午营业3个小时，约180人，共420人，平均每碗面3元，意味着上午营业额有1260元。如果算纯收入的话，按每天1000元算，一个月下来也有3万元，这完全是小本经营，耕多少地，就收获多少米。究竟是什么诀窍使这个小店能赚钱和有能力开分店呢？我给他们做了一个总结：

1.努力和执着。他们虽是小本经营，但多年来主打炸酱面的主题从来没有更改过，他们起早贪黑，全家上下就忙"陈氏炸酱面"。

2.灌输新观念。一般做早点的早上四五点就会起床，生炉子、烧水，做好一切准备，但基本上到早上10点就忙完了，这家面馆发展出新的概念，那就是早餐也可当午餐用，谁说只有早上才吃面？

3.程序的标准化以至于成为庄严的仪式。大锅烧水，水开后，放入定量特制面，烧热3分钟，加冷水，再热后捞起，按2两、3两放入准备好的约10只碗中，最后多出来一点绝不勉强，要花3~4分钟等下一锅，等候的人常有5人以上，煮面的师傅看上去也就20多岁，拿着一双20厘米长的特制筷子用来挑面，手法熟练不说，关键是从气势上看，似乎他们有俯视天下的感觉。特别让人啧啧称奇的是前面提到的女师傅的记忆里，谁排在第一、谁排在第三、谁排在第七、谁吃辣椒、谁不要葱，她了如指掌，从不出差错。

4.发展围绕面的文化。比如这家面馆的桌子上放着几个盆子，里面装着用调料调好的海带、酸豆角、土豆条和各种调料，在炸酱旁的蒜水也随时取用，所有这些可加用的副产品均免费，餐巾纸随便用。

5.炸酱之秘。这家的炸酱自然做得不错，每天早上第一件事就是熬酱汁，这样每天吃到的炸酱全是最新鲜的，这可能是很多人来的原因，炸酱太好吃了，但其实一个更大的原因为每碗面里面的炸酱所给的量特别足，不像有些炸酱，汁多肉少，而陈氏的炸酱，只见肉末少见汁，每次做好面的最后高潮阶段，就是加勺香喷喷的炸酱肉汁。

6.和谐竞争和双赢。陈记面馆多年不转型，只做面，而容许其他卖牛奶、茶叶蛋和米酒的人在店旁甚至在店内做生意，他们和平相处，互相帮助。

我写这篇文章，不仅因为我在桥口也可以吃到我喜爱的炸酱面，而是我发现总结出来的这几条，竟然也是心理治疗的箴言：

1.关于努力和执着。心理治疗是一门实践性很强的科学，它需要常年的理论学习、自我体验、临床实践和督导。一般来说，8年的时间可以让人成为一名成熟的治疗师，如果要成为这方面的高手，可以指导别人，起码需要10年以上的经验，而且是一直从事这一行。前不久，我在巴黎见过来自四川的秦伟，他已经在巴黎待了4年，每周4次的自我体验，持续4年，算算共多少次？有多少人可以坚持？（有关秦伟的采访报告，见第二期《中国心理治疗对话：精神分析》）。很多人在质疑，心理治疗是新兴的热门行业，我们能否从中分一杯羹，它能赚钱吗？我见过很多取得心理咨询师资格的人，背景复杂、学习时间短、实践不够，想借此谋生，我看机会不大。

2.发展新观念。前不久我开始在一些地方讲授短程治疗，很多连续听了我3年精神分析的同学觉得怎么和以前学的概念完全不同，比如精神分析讲究节制，不轻易提建议，而短程治疗强调治疗师的积极态度，必要时可提具体建议帮助人。对此，我总结的现象就是：原来午餐也可以吃面。

3.心理治疗就是发展好的仪式。很多来访者之所以有问题，是发展了一套社会适应不良的仪式，比如强迫症的特殊仪式，心理治疗所发展的仪式具体称为设置：固定的时间、固定的地点、固定的姿势（当然还包括交费），营造出安全稳定的氛围，最重要的是稳定的治疗关系营造出好的内在仪式，比如对人的信任、礼貌、合作的态度（而非敏感、怀疑、愤怒或嫉妒）。所以我总强调一些民俗仪式的重要性，不能简单地把它们归为迷信、封建的糟粕。

4.沿着一个学科纵深发展。很多人学了精神分析，再去学家庭治疗、行为治疗、萨提亚、催眠、心理剧、螺旋、海灵格等，他可能会在治疗时多了很多工具，但可能他把自己都给搞糊涂了，更不用说来访者的感受了。加菲尔德所写的《短程心理治疗实践》一书中列出了一些心理治疗的共通因素，指出不同的心理治疗之所以有效，实际上是一些共通因素在起作用，所以深入地去学习和实践某一门学科，可能会在一段时间后才能真正对这门学科有深入的理解，于是精神分析就可以做出家庭治疗或行为认知的风格。前不久，我在香港采访结构式家庭治疗大师李惟榕老师，她说自己不是什么结构式家庭治疗师，所谓的结构式家庭治疗，其实是大家做的本学科多年来不同理论发展的综合结果。

5.什么是心理治疗的最重要因素？炸酱面的炸酱在心理治疗中位于哪儿？答案是关系。其实好的治疗关系才是心理治疗中的最重要的因素，如何发展好的治疗关系（不是恋爱关系，也不是经济关系）？如何强化维持这个关系，是值得讨论的话题。来访者脱落不来，就像顾客吃过一碗面再也不登门一样，虽然炸酱面馆有很多好的因素，但最重要的还是炸酱。

6.网上和讲座中不时听到学派之争，不仅是学派代表人之间的暗自较劲，也能看到这些导师的学生之间公开的批评和指责，甚至这些治疗师的病人也在网上为维护自己的治疗师而互相贬低，维护这个学派就是维护自己的治疗师。其实没有一个学派可以治疗所有类型的疾病，也没有一种疾病规定用一种方法就可以治疗好。现代心理治疗的方向已经从单一的方法到折中的方法再到整合的方法，现在也有人提出来整合性折中方法的方向。心理治疗的基本训练内容是精神分析、行为认知和人本治疗，所以学派之争可以继续下去，但应该是朝着融合、整合和折中的方向去发展。

于　重庆

观世界＼天近星辰大，山深世界清

我们为什么要去西藏

1990年，我还在武汉同济医科大学（现为华中科技大学同济医学院）读博士时，接待了来自德国乌尔姆大学的阿绍夫教授，他也是该大学的副校长。在整个学术交流期间，他只穿两种颜色的裤子，红的和黄的。那天，他穿了一条明黄色的牛仔裤，我们结束学术活动后陪他去中山公园划船，他拿出一台很普通的相机四处拍，说好照片关键在人，不在相机，傻瓜相机也可拍出一流的照片，接着，他给我看了他在西藏拍的照片，我问，怎么都是西藏？他说他已经进藏几次了，然后反问我，世界上还有比西藏更高的地方吗？

乌尔姆是爱因斯坦的故乡，沙漠之狐隆美尔也来自那儿，多瑙河流经城中，此处有欧洲最高的教堂。为了说服我，阿绍夫教授回去后帮我申请了巴符州先进青年奖学金，我来到乌尔姆才发现，他喜欢西藏，和他对一种治疗偏头痛的藏药研究有关系。男性在成长过程中有不同的认同对象，父亲认同，兄弟认同，老师认同，导师认同，在最后一点上，我以穿黄裤子形象被学生记住。

不管如何，此后进藏，就成为我的一个梦想。2015年我第一次进藏，把依维柯改装成能装摩托车的房车，途中放下摩托车一路骑行到唐古拉山口前，因缺氧一骨碌滚下公路，第二年再去，终于抵达了拉萨。

求高胜寒，求孤吹雪，这是隐藏在人们心中的梦想，我去了世界最高的地方，去了你没到过的地方，这是人们

（2003，德国乌尔姆）

自恋的表现，即你不如我，但在内心中，它隐含着相反的含义，也就是我不如你，我一定要找一个你不如我的地方超过你。荣格曾说，我满足于拥有某些别人得不到或不知道的东西，那是不可亵渎和永不能背叛的秘密，因为我的生命安全倚仗于它。所以我经常在路上看见穷游的人们，特别是年轻人，推着简易改装的车子一路徒步到西藏，沿途直播，对于强化自己傲娇的自我有着很大挑战，一方面，屡屡受挫想放弃，另一方面，则通过直播或朋友圈强迫自己逼近拉萨。

求险和求死，这是弗洛伊德一百年前就描述过的——死亡驱力。弗洛伊德经历过第一次世界大战的爆发，他的三个儿子都上了前线，他非常担心此后父子天各一方不会再见，弗洛伊德还在临床上发现很多病人饱受自杀观念的困扰，他于是有了一个想法，就是人们不仅求生，还求死。第一，死亡是人们最终的宿命，每个人都无法回避和逃脱；第二，死亡是人类成长中逐渐被自塑神话而忘却的事实，就是每天有人死，但不会轮到我。那些在街头好看热闹、幸灾乐祸的人，皆在内心中重复着这样的神话信念：我是不可战胜的，死亡和我无关。不过，也有很多人热衷养生和驻颜，一个不想死，一个不想老，其实是既怕死，又怕老。

（2020.6，青海）

　　早年在加拿大旅行，一大早看一个老头开一辆货车停在路边，后门打开，叮叮咣咣一堆细软杂物散乱摆放，就像一个小型跳蚤市场。我饶有兴趣地挑小玩意儿，同伴是主攻家庭治疗的，饶有兴趣地问老头，您这边边角角好玩的东西哪来的，他嘴角一撇：People die, I buy! 把我们给笑喷了。原来，在加拿大，很多老人独居，不愿去养老院，死在家中后房屋内物品无法处理，于是交给教会处理，也让私人来拍卖，这老头每天看讣告，哪有人去世他往哪奔，从那儿低价收购一些物品来卖。

　　人走了，自然了无牵挂，你喜欢的东西没了主人，孩子也不一定喜欢，那就回馈社会。

（2020.2）

在分析心理学中有一个名词叫黑化，即通过死亡获得重生。

也许，去西藏，意味着人们向死而生的意愿。

意大利科学家发现大脑中有镜像神经元的存在，一个失去左臂的人还有左臂疼痛（幻肢痛），于是他去康复科看左臂骨折的人康复，当护士对那左臂骨折的人进行按摩时，失去左臂的人感觉疼痛减轻。

到一个对死亡报着敬畏、虔诚、接受和拥抱态度的地方，自己也许就不那么害怕死亡了吧。

在去拉萨途中遇见一个来自广东的40多岁中年男性，他打扮低调，开着一辆面包车，他说他已经出来两年了，公司交给别人打理，自己开车转到阿里，在无人区待了几个月，一般在户外搭帐篷睡觉，在无人区则老老实实睡在车里，夜间听见车外无数动物光顾的声音，熊、狼、狐狸等。他的车虽然看似简陋，可是里面求生的设备一应俱全，而且他不轻易冒险，所以，他是在做一项在死亡边缘不断对自己能否活下来的试验。

（2021.6，来古冰川）

荣格的得意学生纽曼提出"大地母亲"的概念，认为大地提供温暖，滋养，包容，接纳，希腊神话得墨狄尔女神就是大母神的化身，我们眼中的山川、河流、森林、草原、小溪、湖泊都可成为大地的一部分，代表着对我们身体、灵魂的哺育和收容。

去西藏，意味着投入母亲的怀抱，沿路上看见雪山、草原、蓝湖、冰川、牦牛群、羊群，视觉不断被刷新，新

观世界／天近星辰大，山深世界清

（2015.6，毛垭草原）

的美景叫眼睛怀了孕。

"母亲"也有阴暗的一面，就是吞噬、控制和利用，许多奔着"母亲"去的人一头扎进无人区，极限越野不翻车不罢休。在心理学依恋理论中有一种类型叫混乱型，生养孩子和迫害孩子的是同一人——母亲，孩子渴望母爱却饱受虐待，在内心中对这样的母亲却有着成瘾般的迷恋，一方面想离开她，另一方面，虽九死，吾往之。

在南方，代表大地的是土地公公，他在众多文艺作品中，常常没有什么存在感，个矮面糙叫一声突然钻出来，一脸谄媚，让他离开便瞬间消失，一副人畜无害的样子，代表着父亲有时也有慈祥的一面。

进藏也意味着离家和冒险，意味着见识世界和结识新人。西方戏剧《哈姆雷特》的主题就是男孩必须离开家，在外冒险受难，最终长大成人的隐喻。而在中国则用《西游记》来象征男性的成熟，必须到西天取经，历经磨难，经得住诱惑，最后得道。

（2020.6，青海大冬树山垭口）

很多女性进藏是去寻找上师的，上师基本是男性，这容易让人想到寻找父亲的比喻。上师通常住在山高路远的地方，一路颠沛流离，要转车、换马和徒步才能到达，上师很少说话，见面后听众人说话，也许他会讲些无关的词语，这很像精神分析，众人回去后闷头再悟，隔年再去。这也像父亲，高远威严，想亲近却无法靠近，想亲热又要拒绝诱惑。一个学生告诉我，她就留在藏区不走了，找了个无人的地方修炼，结果来陪她的都是傻狍子、大麋鹿和各种鸟，这些动物每天在她的住处进出。

（2017，美国犹他州红岩谷）

于我而言，进藏变成一种习惯，和高中的哥们儿边聊边走，谈话和共同经历变成了回到儿时和青春的场景，那时有很多时间是用来浪费、用来闲呀和用来发呆的，度过了看似成功的中年，却失去了许多无用的习惯，即玛倒裹（装糊涂）、旧精（较真）和吹牛不打草稿。

（2020.6，然乌湖来古冰川）

在无人区的晚上，满天的繁星像湿地的秋蚊子一样打脸地扑向你，银河像一枚硕大的八号1916雪茄斜劈在天上，凛冽的空气让你感到宇宙的神秘和云河的浩瀚。这时你会忘记爱情、友情、亲情，突然觉得自己是一个来自九维星系的外星人，从牙缝、舌尖上抠出一句话：

你们人类！

欢喜坨

前面讲过热干面，作为早餐的主打，以前移民出去的武汉人就特别思念它，由于面是新鲜的，需要半夜起来担面、放凉，早上直接过水就可食用，到中午不吃完，面就会变质。开热干面馆的老板无不是半夜三点就起来忙活的，加上以前没有煤气，要起来生火，所以热干面只有早上才吃得到，中午以后就没有热干面吃了，这就是以前外地人都觉得热干面不好吃的原因，无法运输和异地食用。现在面的制作机械化，副料真空化，人们在任何时间都可吃到热干面，甚至跨越时空，在异地或家里叫快递都可以吃到不错的热干面，它就不那么稀罕了。对于我这个老武汉来说，下高铁第一件事就是到对面快餐店得（吃）一碗热干面过瘾，算是完成了回武汉的仪式。

武汉早点小吃超过几百种，以前我负责全国的心理培

（2019，汉口洪益巷）

训项目，学员最满意的就是早点，五天培训不重样，大家
大呼过瘾。

如果热干面算老大，豆皮、面窝等排在后面，那么欢
喜坨估计要到五位以后了，现在人们称之为麻球。

欢喜坨其实是用糯米粉发酵后再用油炸过的麻球，
4～5厘米直径大小，不过里面是实心的，就是一坨糯米，
看你吃得饱不饱！备料时加了饴糖，属于饭后甜点，加一
碗浮子酒，全部下肚后基本到下午都不饿。

欢喜坨长得比较喜庆，圆墩墩的，表面被油炸过后金黄一片，撒满芝麻，咬下去香甜脆爽，入口往往很烫，要哈气，左右唆动面颊肌肉，发出嗒嗒嗒（烫）的嘶嘶声。

发酵后的糯米有着甜甜的奶香，吃到里面是乳白的软团，不由得让人想到母亲的乳汁，所以武汉人吃东西还带有某种精神分析的思路，就是"七妈妈的骂骂"（吃母乳的意思）。

现在的麻球已经不是以前的早点了，而是成为中晚餐饭后的甜点，主要是大而空，通常用于造气氛，不是用来果腹，而是用于隐喻生意大发、合作圆满。人们饭后看着大而圆的麻球，那会礼貌地笑笑，手摸嘴吹的时代一去不复返了。

（2017.10，汉阳）

如果母爱也如这大麻球一样，大而空，恐怕越来越多的孩子不再寻求人际交往，而会痴迷于网络。有个现象就是，越来越多的人对收养流浪猫狗兴趣十足，并且很耐心地去喂养它们，正如他们期待自己被认真喂养一样。

观世界＼天近星辰大，山深世界清

甲米一家子

几年前我突发奇想，想到泰国甲米去逛逛，甲米在泰语中是一把古剑的意思，中文字面直译而来，甲是第一的意思，米是小米粒，小小的上等粮食。米还有长寿的意思，冯友兰书：何止于米，相期于茶，就是要活到88岁，再活到108岁。

我这个精神分裂症的音联词联症造就了这次的旅行，有时，人要相信直觉，这么好听的名字肯定有不俗的遇见。像去西藏沿路的孜珠寺让人想到盘丝洞，八宿想到日本的箱根，然乌想到黑海……有时发现只有达到精神病人幻觉状态，人的想象力才会好玩有趣，可能他们觉得我们所谓的"正常人"太无趣和无聊吧。

飞到曼谷要三小时，再飞到甲米要一个多小时，而到达我们订的民宿，还要开车四个小时，这就出乎意料

（2018.6，泰国甲米）

了。我旅游基本不做攻略，猪八戒踩瓜皮，滑到哪是哪，这样沿途有很多意外的收获和不确定的惊喜。飞机落地甲米后，一个当地的司机过来把行李往车上一扔，就闷头开车，白天经过的城市还算繁华。

（2018.6，泰国曼谷）

（2018.6，泰国曼谷）

　　司机从天亮开到天黑，越开越黑，也不说话，好在从事精神分析的我也习惯沉默，你不说，我也不说。隐约中，路变得越来越窄，更多的树木敲打着车窗，我们似乎进入了一个由原始森林包绕的村庄。

（2018.6，泰国甲米）

（2018.6，泰国甲米）

晚上快12点了还没到目的地，就这样，我们最终停在一个村子里面，四周是海浪和犬吠的声音，黑夜中也看不清楚什么。房东瘦瘦的，一副村妇的样子，把钥匙给我们就离开了，大家倒头就睡，不问东西。

（2018.6，泰国甲米）

第二天起来，我发现我们真的到了一个渔村，村里没啥人，我们的房东是一个给美国人生了几个孩子的当地人，美国人每年来做生意，给点钱搭建了民宿，其实就是有电气设备的自建民房，屋里有蚊帐、佛像，还有蜘蛛、壁虎以及各种飞虫。

出门没有人，也没有娱乐设施，慢慢映入眼帘的就是海景。昨天一觉睡到中午，约瑟夫·康拉德当年来到南亚时曾描述：

> ……窗户总是大大敞开，微风徐徐吹入，给空空的房间送入天空的温柔，大地的悠然及东方水域令人着迷的气息。空气中满是馥郁芬芳，邀人进入无尽长眠，赋予人无边美梦……

（2018.6，泰国甲米）

由于出门就是海滩，赤脚就蹚进海里，不远处就是渔村，有人在渔船上忙碌。已经是下午了，看来渔民已经出海回来了，于是我走上去搭讪。

（2018.6，泰国甲米）

大家对我微笑着，有人懂英语，我弄清楚了，这是一家人，早上出去打鱼，现在一家人坐船上把鱼从渔网中剔出来，再拿去卖，每个人都轻松地聊着天，不紧不慢地干着活。他们告诉我，坐船头的是老爹，其他的都是他的孩子，至少有五六个。

老爹赤裸着上身，已经60多岁的人却像40多岁，悠闲地居高临下地看着孩子们和一船的鱼，皮肤黝黑，肌肉健硕，没有衰老和松弛的征兆，他叼着烟坐在船头，像个船长，更像个土著酋长，还有一种国王的气质。康拉德描述的老船长的眼神也适用于他：他的眼睛是去过世界边缘多次的人所拥有的眼睛，它们的视线越过边界——再收回来！

（2018.6，泰国甲米）

对着面前的船、孩子和海，还有远处的岛屿，仿佛在说，看，这就是朕为你们打下的江山！

这种安静和朴素的生活难道不是我们渴望的吗？

我的老师早年留学德国，中年给我们授课时，风度翩翩，讲一口流利的德语，意气风发而从容，他培养的孩子都有出息，都在国外定居、工作。老伴去世后他去了养老院，90多岁，平时很少与人沟通，因为很多养老院的人不是有家人来探访就是痴呆需要人照顾，他说，我不痴不瘫，就是没人讲话。因疫情很长时间没人去看他，以前老同事要去看他，他提前两小时搬把小椅子在养老院门口等，拉着同事的手不放，说孩子都在国外，一年就只能看我一次，我就是想找人讲讲话。

（2018.6，泰国甲米）

家庭治疗中提出孩子长大成熟的标志是分离个体化，心理上离开父母，在西方，其实表现在现实中也离开父母，搬出家里自己出去住。

我国则强调天伦之乐，孩子长大后再次回到原生家庭（也许根本就没有离开），尽赡养之孝。但在象征层面上，老人老去实际上也是变小，就像回归母婴关系，即此时孩子是父母，而我们的父母变成了需要照顾的孩子，很多情感是在照顾的互动中传递和形成的。

（2018.12，汉口）

温尼科特说，母亲在孩子小的时候要成为他们的工具，被无情地使用，这样孩子内心形成信任、安全和深深的对父母的爱。这样的父母到老，就会不经意收获你的回报，那就是孩子发自内心的对你的亲密、爱和无怨的照顾。

我也说句狠话：凡是没有办法、带着烦厌、假装不知道或干脆不理父母需求的孩子，都是早年父母照顾失当的"回报"。

要想养好老，对你孩子好！

莫说不指望孩子的话，因为你需要的不仅仅是身体的照顾，还有情感的陪伴。

一个瘫痪在床，头脑清楚的老人每天就是盼望见到自己的儿女，给他用热水擦拭身体后问舒不舒服？他连连点头，这样，他可以安心再过一天。

到你老时，这可能就是最大的享受啊！

（2018.6，泰国甲米）

我们都有病

有段时间我经常去美国，每次去不是落脚旧金山，就是着陆洛杉矶，因为要去的地方在两者之间，这样安排是因自己有一个私念，就是开车体验所谓的世界最美的高速公路，他们起的名字也叫加州一号公路，在这条路上大部分时间都是沿着靠西太平洋在开，一路上一边是大海，一边是悬崖，有的地方停下来看海，据说可以看到鲸鱼群的活动。

沿路也有很多人文的东西，从旧金山开，很快就到卡梅尔，这是一个靠海的风景秀丽的旅游小镇，著名美国演员和导演克林特·伊斯特伍德在那里担任过一任镇长。从洛杉矶出发，先是经过著名的比克斯比大桥，再就是著名的赫斯特城堡，反映出早期美国富豪的豪横和艺术品位。

沿途有个海象保护区也是必经之路，老远就可以闻到伴着海风腥味的动物体味，近前去看，一堆堆海象躺在海滩上一动不动，只有领地出现争端时两只海象才往死里打，老远听到躯体撞击的声音都觉得肉痛，其他海象都懒得抬头，真正的躺平。

一些极美的旅游小镇如彼斯莫、圣塔芭芭拉也都在这条线路上。彼斯莫的海湾有成群的鸬鹚，它们在海上和悬崖之间飞过，晚霞打在它们似乎不经意扇动的翅膀上反射出奇异的亮光。

大苏尔是必经之路，先前路过没注意，从旧金山出发，在看见太平洋之前，它一直隐藏在有茂密树林的山林中，后来发现这儿居然是早年人们改良精神病治疗的重要网红打卡点。

著名的伊莎兰学院坐落在此，它成为艺术家、音乐家、精神病学家、女权主义者、家庭主妇、电影明星、商人及同性恋者的聚集地。

R. D.莱恩于1967年曾来此实践他的反精神病理念，在这儿，致幻剂是允许被使用的，而莱恩在英国正是因为在精神病人身上使用致幻剂而被人诟病。每个人都在探索如何成为最好的自己。

当年的《生活》杂志发表文章批评伊莎兰学院的团

体心理治疗："大家不仅像青少年那样窃窃私语，还像婴儿般坐在彼此的怀里，他们经常哭个不停，哭泣成了一种身份地位的象征。"这个学院的创始人墨菲和莱普斯的梦想就是提供一片和平绿洲，让人们免受世俗规范对心灵的摧残。

格式塔治疗的创始人皮尔斯离开纽约后也来到伊莎兰学院，皮尔斯受马丁·布伯的影响很大，通过他发展出来的格式塔治疗，倡导人们关注当下。

早年在台湾草屯疗养院参观时，医院方请我们进餐，问我们好不好吃，当然好吃，院长告诉我们，这些厨师都是曾经的病人，他们把病人分成三级，一级的住院治疗，用药和各种专业手段；二级的会减少用药，可以和人交流，做一些简单的事情，比如叠纸盒子，打扫庭院；三级的达到出院标准，恢复社会功能，他们就是给我们提供佳肴的厨师。上海零陵路600号门前转角处的咖啡店也是这样的设置，上好的咖啡和烘焙的香喷喷的糕点都出自曾经的病人，现在他们不仅恢复了正常，还可以回归社会。

美国国立精神卫生研究院精神分裂症研究中心主任莫罗在伊莎兰建立了一个"十号病房"，采取上述的设置，实施群居生活实验，他还在圣何塞市中心租了一栋12间屋

（2019，泉州）

子的维多利亚时代的建筑，和本应该在精神病院度过余生
的六个病人一起住在那里，他们平均待了42天，比在精神
病院平均待六个月短许多，用药量减少了1/5～1/3，不强制
住院，也不强制用药（摘自《精神病院里的正常人》）。

　　荣格在1903年到苏黎世波克罗次立医院当精神科医生
时，他对千篇一律的记录精神病症状的问病史方法感到厌
烦，他对一名住院十几年的老妪的生活史很感兴趣，老妪
有一个重复了多年的用手用力下压的动作，精神病诊断为
紧张综合征，在精神分裂症里很常见，经询问荣格得知，
这老妪年轻时喜欢一个鞋匠，但他们之间注定不会有什么
结果，鞋匠很早就去世了，从此她开始发病，并带着这个
症状至今。荣格对这个老妪尝试性地做了一个解释：您肯

定是很爱这个男人，不然怎么会一直用缝靴的动作来牢记他呢？老妪盯着荣格，停止了这个动作，很快她出院了，并且恢复了正常。

骑摩托车的人

男人与摩托

（2019.11，苏黎世）

　　我第一次得到摩托车是在研究生一年级，父亲从日本带回一辆250cc四冲程四排气管铃木摩托，当时国内没有这种样子的摩托，大家都说不能上路，只能停在家楼下，好友早已开始工作，在家附近的长航上班，来家看见后说要试试，我拗不过他，只好相信他，谁知他油门一拧，摩托车自个儿冲了出去，他留在原地，摩托车还没开始骑就躺平了，就这样还是有人来买，当时是20世纪90年代初，6000元不是个小数字，可是我的心拔凉拔凉的，感受到父亲对我的爱，也感受到自己的失望。

到能够自己买摩托骑是20年后，2015年进藏，我坚持买了一辆能装摩托车的大车，把摩托车拖进藏，途中下来骑行，真正地过了一把瘾。这次买的是哈雷摩托车，重量达到400多斤，排气量达到1700cc，马力达到120牛·米/3000转，随便上路的速度没有其他车对比，不经意会达到150千米/小时。

哈雷的体重大，需要接受专训，教导员按手册一个个来教，比如不能侧身扶车，要始终坐在车上前后挪移，车倒地如何用后背将车顶起来，重要关头要前后齐刹，避让障碍物技巧，等等，非常规范。武汉不能上A开头牌照，周边城市上牌照开头不是A，教导员说，这就像穿婚纱的新娘在婚礼上一开口满嘴黄牙一样，他这么一说，我就去外省上牌照了，A开头。

1994年，我在德国没三个月就出了车祸，保险公司赔了6000马克。我断了七根肋骨，同事在同一辆车上，后来住一个病房，他向家里只报喜不报忧：莫担心，也没啥子大事，就是肋骨断了几根，大腿骨断了一根……

拿着这骨头钱，我一转身就报名学德国驾照，拿到驾照后，只见上面写着，任何人不得以任何理由取消该驾照的权利和资格，终身有效。

（1995.7，德国乌儿姆）

总记得驾校老师跟我说的一句话，要真正地把速度提上来，上高速保持在辅道，要加速，而不是减速。我的第一辆车是一辆法国雪铁龙，是同学离开德国时用1马克象征性卖给我的，进城时很容易招警察，因为它的排气管太响了，在德国高速公路上超车时只能借助下坡和踩死油门才能勉强达到110千米/小时。第二辆车是一辆二手尼桑，让我明白，原来车着火是一扭就着的。

我问他考摩托车驾照是否便宜，他看了我一眼，说，一万以上。汽车驾照我才花了3000马克，看来摩托车管理在德国很严，没戏。

如果温度适宜，风景优美，在任何时候骑行在任何路上，尤其是西部的路上是很好的享受。早年在德国的夏天，几个德国朋友骑摩托车也要将皮衣把自己裹得严严实实，德国高速公路很多地段不限速，超过80千米/小时的速度后，风灌身体沙打脸，没有风镜、皮衣根本抵挡不了，何况这些看似斯文的德国人的骑速都在180千米/小时以上，所以穿戴装备齐全还真不仅仅是要酷。

（2021.7，汉阳）

有人说进藏只有零次和无数次的差别，买哈雷也如此。没过几年，我购进第二辆叫肥霸的哈雷，这辆更重，达到近600斤，但一直找不到合适的越野改装可以载车入藏，只好妥协买了一辆电子越野赛车，重量下降后就可以挂在越野车后面进藏。

（2021.6，然乌）

骑行的意义在于自由，它载你去人迹罕至的地方，最后只剩人和车，融化在远处的雪山、荒凉的戈壁或某处海边，紧实的穿戴也挡不住拂面吹向你的各种野风和扑向你的刚完成授粉的蜜蜂，速度快起来时风像刀子般锋利，但春风荡漾沉醉，夏风沁人心肺，秋风萧瑟抑郁，而冬风外凉里暖。长靴和皮衣让你有地球上只剩你一人，世界末日等你去拯救的使命感，就差背后背一个乌龟壳装扮成美国队长的样子了。

（2020.3，汉阳）

骑行的早期我是向往诗和远方的。与彻底的野性、原始的自然和人接触，给人的内心带来突如其来、影响深远的困扰。无人做伴的孤独感受，对自己的思想和感觉之孤独的清楚认知——对习以为常的拒绝，加上对不同寻常之事的肯定，感觉像模糊不清、无法控制、令人反感，它们令人不安的入侵激发了想象，考验了文明的神经（康拉德）。

等到上手后觉得在城市街道不着盛装地骑行也别有一番滋味，人车合一让你有着不怕堵车并绝尘而去的浮夸，假装看不见别人的注目却想象短视频网站上浮现大肚网红的掠影，弯路侧身大回转让你有和众车在赛场竞技的感觉，隆隆声音之后，仿佛一个城市驱魔人的降临。

（2020.3，汉阳）

　　曾有一个飞行员做了一个梦，梦里他开着飞机第一次放单飞，父亲坐在一边，飞机引擎隆隆作响，准备起飞，迎面有人骑着摩托车，手拿一支长矛向他们的飞机奔来，那人掷出长矛，穿透飞机舷窗，那长矛扎死了父亲。

　　这位年轻人的父亲曾是战斗机飞行员，子承父业，儿子完成了飞行培训，准备独自飞行，父亲仍在行业内德高望重，所以儿子在梦中化身为摩托骑士，拿着长矛，像堂吉诃德一样刺向飞机，其结果就是父死儿大。

　　自己要成长，必须在心理上过父亲这一关。骑着和父亲职业不匹配的交通工具，意味着独立和自由，开着和父亲职业匹配的飞机，又意味着认同父亲。梦中的结果其实是飞机内的父亲和骑摩托车的骑士都必须死，这样，坐在主驾驶室的自我才能真正独立放飞。

女人与重机

现在有很多小姐姐也加入重机摩旅之中，摩托车已不是男人的专利，女人们坐上重机，很飒的样子，她们不仅在城市骑，还跑西藏，甚至全球骑，那么在她们的内心中很可能有一个假想敌。

如果来自重男轻女的家庭，女孩这样做，不仅是内心认同一个男孩，而且也是在和父母认同的那个哥哥或弟弟竞争，甚至和不存在的那个男孩竞争，因此，她的旅行就显得格外张扬和招摇。除此外，女性骑摩托和骑马一样，也非常具有性的魅力和色彩。

高速骑摩托车当然有风险，一名20岁女孩早年因被父母抛弃，被人领养，青春期开始就文身，跳街舞，打耳洞、唇钉，后来迷上骑摩托。她说自己对快速有一种痴迷，夜间骑行时的浮光掠影就像她的记忆，也像她的梦境，这使得她疯狂地在夜的城市里"炸街"。

这很像安吉丽娜·朱莉于1998年演的电影《霓裳情挑》里的女主角吉雅，早年被虐待和抛弃，即便青春后成名有钱了，仍然摆脱不了被强奸、被虐待，并在28岁死去。朱莉本人早年就是一个问题制造者，她的父母不合，父亲虽然是很有名的演员（《碟中谍》第一集的第一大反派），但很少管她，她在本片中可以说是本色演出。

一方面，摩托车代表了无拘无束、自由和快速移动，据说有创伤的人内心活动的速度快于常人，也许，骑行的节奏和内心的焦虑节奏相似；另一方面，把自己置于死亡边缘却能感到活着和活着的意义。

正是：

竹杖芒鞋轻胜马，

盔甲皮服重如铁，

谁怕，

一路绝尘绝壁处，

也无风雨也无晴。

医学院盛产文青与音乐家

今天是隔离最后一天，写一写一直都想写的大学文艺。

20世纪80年代初，改革开放初期，大家生活简单，物质匮乏，思想活跃，文艺活动丰富。周末，简陋的场所影响不了人们学习跳舞的热情，大家从交谊舞到迪斯科，自由放任，没有现在萨尔萨、拉丁那么高大上，但荷东舞曲的激扬、周峰的《梨花又开放》歌曲的柔情，能够让人跳上一夜，我甚至找到Boney M.的黑人迪斯科歌曲作为伴奏乐曲在大操场上参加团体跳操比赛。

当时的操场早年称华商赛马台，改成操场后看台十分气派。80年代初在赛马看台上面听着大喇叭播放节奏激烈的黑人音乐，看着下面同学们整齐划一地跳操，也有某种时空穿越感。

（1980，老武汉医学院运动场，以前的跑马场）

　　很多大学生是"老三届"，早年在红小兵乐队受过正规的乐器训练，进校"迎新生演出""五四会演"和"一二·九会演"是三大集体活动，这成为展示他们才艺的极佳场所。老乐队底子好，整个乐队铜管、弦乐、打击乐包括合唱团一应俱全，出演时，多声部的《黄河大合唱》《我们在太行山上》《长征组歌》都是经典曲目。

　　记得一次文艺会演，我在礼堂阁楼上负责打灯光，动作过大，从年久失修的礼堂顶上摔了下来，成为老礼堂文艺会演中惊险的杂技插播，这个礼堂太旧太老，后来也拆了重修了，那时的照片成为这礼堂的绝照。记得第一次新生演出我报的节目是圆号独奏《圣母颂》，不知道自己怎么想的，可能是刚上大学，对家的思念吧。

大三时我接管了乐队，整个寝室成员人手一件：长号、圆号、小号、黑管、萨克斯，基本覆盖了校乐队管乐，团委陈老师特别支持，允许我们把乐器带回宿舍，我们没事就在宿舍和团委捣鼓吹拉。若干年后，过往甚密的室友告诉我一个秘密，当年嫌我们太吵，他偷着去把电闸给拉了，不过黑暗不影响吹号，整个寝室因此拉了一堆仇恨。

（1982，宿舍时室友）

有一个打扮雅致的瘦小个子的中年人，经常参加校内各种文艺演出，他姓温，是中华人民共和国成立后从印尼归来的华侨，会拉小提琴，最初来医院是作为医院环境设计人员而分配来的，那时我就诧异医院建院时还需要艺术家吗？

最近和一个同济校友的女儿——一名学音乐的海外博士交流音乐，她说她在西雅图学习古西班牙音乐，是犹太音乐的一个来源，不过，她还喜欢中世纪的宫廷乐，室内的回声安静游荡，颇有一种古典的高级感。这不由让我想起在大学期间练习吉他的情景，那时年轻扛熬，从半夜12点到凌晨2点在盥洗间练习，声音悦耳回旋，经常碰见来起夜的学生，像是遇到狐仙一样惊异地看着我，而现在回想起来，那声音就像是中世纪的室内乐。在厕所中间有着泔水缸的澡堂一侧响起的夜半琴声，和几百年数万千米外宫廷的室内乐重叠在一起，构成了一幅超现实的荒诞画面。当时看金庸小说，也是在三档厕所里传看的，将小说拆散，每个人拿着不同章节，蹲着不看完不起来，看完后前后交换，义薄云天和流水潺潺构成了解构人们既传统又想突破，既青春懵懂不更事又不管不顾地追求某种理想的后现代画面。

毕业时大家策划了"五月花"项目，以后成为历届毕业前的固定项目。记得一米八高的陈同学为了出演歌舞剧《血染的风采》，把自己的腿绑在轮椅上推上舞台，最后导致大腿缺血发麻，起不了身。

这些乐人毕业后各奔东西，再也难聚，其中最有名的就是做出武汉乡土系列歌曲的冯翔，他毕业后当了一名精神科医生，后来成为全职音乐人，再后来又回来做部分和心理相关的音乐治疗。他的歌《六渡桥》《汉阳门花园》汉味十足，但我最喜欢的还是那首冯翔词曲的《窗》。

……

一个人的时候你总是看着窗

看见窗子里你自己的模样

一个人的时候你总是看着窗

看见窗子里你自己的模样

你的眼睛泪汪汪

想要穿上花衣裳

你的眼睛泪汪汪

多少年以来你一直看着窗

看见窗子里你变老的模样

……

学医需要死记硬背，管理语言的部分在左脑，记忆的重要部位在海马体，连高级脑都算不上，而右脑管理音乐、空间、复杂情绪，其实最重要的还是胼胝体，就是联结两侧大脑的中间部位，为了使顽固癫痫不再发作，20世纪中期美国神经外科医生曾因切断胼胝体的手术而风靡一时，术后的确控制了癫痫，但人却变得麻木、呆板和缺乏情感。人们意识到，失去胼胝体后左右大脑失联，人就变成一具行尸走肉。

你掌握了书本知识并不能当一个出色的医生，还要投入情感和某种品位，但以往情感和品位教育在医学教程里是没有的，后来增加了医学史、医学伦理、医学心理学等部分，医院也增加了心身医学部分的培训。

可以说，至少在不短的时间里，现代医学训练让医生变成了机器，也把病人当成了机器，情感是要割舍掉的，病人死亡会时常发生，你不能过于悲伤，伤者经常血流一地，你也不能晕倒或跑开，看到美女来检查你不能见色起意，手术结束哪管伤疤满目。

后来发现，女性做完剖宫产还想穿比基尼，乳腺癌不是简单割除乳房还可以做保乳手术，不能因为剧烈痛经就把子宫拿掉……

德国内科医生更进一步说，没有没有家庭的病人！

有艺术感、有情感的医生大抵都是胼胝体发达的吧，他们接触病人像接触人一样，而非机器。记得老教授余枢先生冬天查房时，会将听诊器在自己怀里捂一下，这样听诊器的金属碰到病人皮肤时就不会发凉。麻醉科金士敖教授常年主持周末古典音乐赏析会，每次基础部大厅都人满为患。七九级邓京教授现是伦敦UCL大学医院超声科医生，他的研究很有意思，用彩色双功多普勒观察夫妻做爱时生殖器血流量的改变，并结合他们的婚姻关系加以探索。邓教授是不折不扣的音乐剧死忠粉，他常年趴在B站上追各种音乐剧和歌剧，并义务充当全剧的字幕翻译。

有人文情怀的医生，课也讲得生动，学友许建平是妇产科医生，后来去了美国，其人充满激情，课讲得非常受学生欢迎，临床也十分厉害，他说很多女性争相找他做剖宫产，因为他开的刀口很低，大约是当时还很新的一种术式，就是术后腹肌还原后，疤痕会退到耻骨上一点，穿比基尼都看不出来。

现就职于北京协和医院的骨科医生林进教授是我的学长，早年我与他过从甚密，知道他既善画，还善书法，而且能作词、唱歌，曾在协和百年华诞纪念活动中书写"世纪之爱"并引吭高歌。

那遒劲有力的"世纪之爱"四个字很难想象是来自一名个子不高的湖南人之手。

世纪之爱

（林进，北京协和医院骨科教授）

在早年还是神经科医生时，我见过这样一个病人，他整个左脑因病全部切除，右脑正常，所以他出现严重的失语，就是无法讲话。但他的发音系统都是正常的，我需要和他沟通，他也想沟通，于是我问他职业是什么，他家属告诉我，是音乐家，我就让他把想说的话唱出来，他于是开始尝试唱着发音，我们居然能够开始沟通了。

对音乐的喜爱使得你情感丰富，能够共情病人，也使你将自己视为一个有血肉、有温度的人，允许自己表达悲

观世界／天近星辰大，山深世界清

（2019.10，汉阳）

哀、愤怒和无助。

在彼此失散多年后，一些老乐队成员又开始聚会，这时，大家有了生活阅历，能够拼凑早年的记忆碎片，就像青春回放一样，一些有趣的画面像久违的朋友回到你的记

（2021.4，汉口）

忆中，其中，有的是海的浪和秋的叶，也有的是脱落的羽毛和翻飞的彩蝶，特别是熟悉的曲调再一次在合奏中响起时，梦中冻结已久的木偶仿佛活了过来，各自回到自己当年的角色中……

叶芝的诗《当你老了》其实并不全部谈老：

……
慢慢地吟诵，
梦见你当年的双眼
那柔美的光芒
与青幽的晕影；

多少人真情假意，
爱过你的美丽，
爱过你欢乐，
还有迷人的青春，
不过有一人，
只爱你朝圣者的心。
还有你日益凋谢的，
脸上的哀戚。

藏地的虫草

藏地的虫草是神秘的，神秘之处就在于它一般长在3000～5000米海拔，夏天像草，冬天像虫，这种跨界的属性使得人们对之趋之若鹜，仿佛得一虫草就能得道一样，其实它的本质就是真菌。

从然乌湖出来到来古冰川的路上，我们就看见了一片广袤的草原，于是准备在此搭帐篷消磨一下午，远处就是雪山、冰川和草地。

我们在忙活的时候，一辆摩托车从远处驶来，车上一个60岁老汉载着10岁左右的孙子。他们带着笑容走近我们打招呼，我们比画着，说要喝鲜奶，要开水，他们点点头，哧溜一下骑车离开，不久，又扑哧扑哧地开了回来。

他们不见外地坐下来，从背包中拿出我们刚才说的几件物品，鲜奶、开水瓶，然后笑眯眯地陪着我们。看我们

喝奶、放无人机和骑摩托车，以及敲手碟。小男孩好奇地
试着敲手碟，接下来就忘我地玩得不亦乐乎。

我们慢慢地把茶泡好，邀请老人一起喝。

他比画着从孩子背包中拿出一把虫草，说30元一根，
野生的，要不要。我一看，问哪来的，老人指着前面的山
坡，再指着孩子说，他挖的。我问有多少，都拿出来。
他就倒了一书包，然后一根根地数，大约2厘米的长度，
偏黑，很像虫子。我相信是真的，马上拿一根放茶里，数
出70根，大约2000元，我很满意，准备装起来。老汉拍拍
我，从他的背包里拿出另外的虫草，说这个60元一根，我
一看，3厘米长，白白胖胖的，干净、粗壮，和刚才的虫草
比较起来，简直是云泥之别。

我开始对老汉有些别样的感觉了，看似粗犷的外表下
其实有精明的算盘，先销一部分便宜和品相一般的，再用
高品质的虫草来诱惑达到高价格销售。

我问他有多少，他又倒出一书包，我们数了50根，这
样又花了3000元。我正准备歇口气，他又拍拍我，拿出一
根虫草，我定睛一看，这个简直是虫草中的巨无霸，和刚
才的相比，完全不是一个级别。老汉不紧不慢，面色不变
地说，这个100元一根。

这时我突然发现老汉好像一个天花板级别的扫地僧，我说，拿10根。

老汉宠辱不惊地把一叠钱放进孙子的书包，说，那是他挖的，是他的钱，然后把其他的钱收起来，再收拾好给我们带来的开水瓶、鲜奶瓶，轻松地和我们告别，骑着车子离开了。天边远处，就是他们的帐篷，旁边有水、有草、有牛羊马，还有冰川，现在，手头上还有现金，这日子过得让人羡慕。

虫草的神秘在于产于高寒之地，冬天形似虫，夏天则以草的方式埋在雪山草地。它令人着迷之处在于虫草的双重身份，是植物还是动物，是蛋白还是维生素，是虫变草还是草转成虫？

分析心理学中有一个概念叫转化，荣格把炼金术中发生的现象用于对人格塑造过程中的理解，几种不同的物质交合在一起产生完全不同的新的物质，其中的变化如何发生和发生后的走向完全无法预知。

蚕蛹羽化的过程大家都很熟悉，方向明确，从虫蛹到化蝶。还有蝌蚪转为青蛙，也可看到生物进化的痕迹——从水生到水陆两栖，但基本是生物到生物的过程。但虫草的奇特之处在于它有跨界的融合和转换，虫草是虫在前，草在后。生物的发展一个是单向性，就是它只会朝着死亡发展，但生命的长短不同，动物寿命长者如龟，不过百年，短则如蝼蚁蝶虫，不过数天数月，而植物则经常动辄百年千年，所以虫草的转化不仅跨界，而且有着永生的意象，人们追逐虫草等物，意在不老和永生，但也有转化意味，有时只有活到一定年纪才对事物有所感悟，所谓早慧者多短命也。

弗洛伊德提出，人类在存活的本能下还有求死的欲望，他称其为生本能和死本能。

在我们的文化里，长生不老和永生是在生本能中有特色的另外两种本能。秦始皇派七百幼童东渡，去寻找长生不老的丹药，求永生使得人们求奇走险，炼丹时加上重金属银汞、真金，传说在秦始皇墓地存在着大量的银汞成分，很多服用丹药的人实际上死于重金属中毒，但死后确有保鲜的功效，就是面若桃花。

另外就是一些偏方奇方了，虫草就是其中之一。早年在新疆乌鲁木齐讲学时，学生到南山花高价买到一株雪莲，炖山鸡吃，当晚，学生的岳父住山上帐篷，惊呼而出，原来，吃雪莲气血过盛，无法入眠，按习俗帐篷顶上不同颜色的支撑杆会聚于顶柱，他躺在底下，顿时看见万千刀剑向他射来，他心有余悸地说，"真是万箭穿心啊，我要回宾馆去睡"。

看来，虫草、雪莲大补不假。

荣格将转化的过程描述为自性化，一个人从社会的纷杂中收心，这种探索发生的转变可能类似于跨界的转变，虽然肉体还是那具肉体，但人已经不是那个人。其实，自性中的自我，对现实的他者已经不再有多少关注，对大自然，对真实的自己却产生极浓烈的兴趣。而这种探索一旦产生，则可以持续终生。

一名45岁的女性说她昨天做了一个梦，梦里她的身体里长满了虫蛹，她在梦中看到一些羽化的彩蝶附在体内拍打，就是飞不起来，一阵着急，然后醒来。她中年丧父，离异，把孩子养大，孩子离开自己出国求学，她突然觉得只有成为心理医生，参加各种体验和培训才能让自己感到活着，持续获得情感的慰藉和觉察成长，这可能是她的梦的意义所在。

另一名38岁女性因父亲去世，一天突然感到大悲，她说那天她梦见自己走过一亩向日葵地，突然觉得父亲已经化身为向日葵了，既然他发生了转化，那么他就不再是人类，他不认识我，而我还在怀念他，我经过向日葵的他时，我也不认识他了，说罢大恸。

也许，就像ABBA乐队《胜者为王》歌曲中所唱的
那样：

关于我们之间的事，我不想说，

虽然我很伤心，但是都过去了，

我已用尽全力，你也努力过，

没什么好说的，结局已定，我无力挽回，

赢家得到全世界，输家就该消失，

这个世界有输有赢，

我曾在你的怀抱中，认为那是我的归处，

我以为一切会有意义，曾经守护我，

给我一个温暖的家，安心的生活，

但我很傻，以为只要遵守游戏规则，就能得
到幸福，

上帝可能丢了骰子，他的心冷得像冰，

我失去了挚爱的人。

胜者得到整个世界，败者只能投降认输，

事情就是这样，我又有什么好抱怨的呢。

但是告诉我，她吻你的时候，你也有一样的

感觉吗？

她叫你名字的时候，你觉得一样吗？

你的心中一定知道，我很想念你。

但是我又有什么好说的，游戏规则已定，大家都要遵守，

裁判会决定胜负，像我这种凡人，也只能接受，

所有人都偷偷地看着我这个失败者。

哀悼与城市发展

忘记过去就意味着背叛。

这句著名的革命领袖的话语适用于很多对丧亲不能释怀的病人。他们常年深陷对亲人的思念之中，甚至用症状、异常的行为来表达自己丧亲的情感。

最近，一个熟人告诉我，春节期间他家有两个亲人去世了。村子里的老人说这两位老人生前各不相让，甚至是死，也要争着看谁先到阎王爷那儿报到。可是人们认为"事不过三"，村里人杀掉一只鸡，表示生界的人拿出3条命送给阎王爷过年，让他不要再来烦扰人间的众生。

据这位熟人讲，在武汉近郊的地方办一次丧事平均需要花费16000元。连续去世两个亲人，让家里有些吃不消。这些钱要用于宴请村里的亲戚和乡亲们做3天丧事，要全包他们的吃喝及住宿。不管天气如何，尸体要在厅堂（设为灵堂）停放3天。送去火化（尽管有些农村还有土葬）回来的路上人们也得另外绕路，以免魂灵循着原路跟回来。当然，少不了请乐队来"坐棚"和"行乐"，只是以前的唢呐、锣鼓为现代的西洋乐器所取代。

我住在市中心，隔壁的楼房是以前一个效益不错的单位的宿舍楼，现在厂里不景气，人们有闲，每天在家里将麻将搓得哗哗响。有时清晨5点，听得一声小号和架子鼓开响，我就知道，今天这一觉到此结束了：有人去世了。

现在城里流行请乐队来做场，一个小型乐队的组成为一个架子鼓、一把小号（有时两把）、一把长号、一个低音贝斯——在改革开放的20世纪80年代初期，国内开始时兴跳舞时的乐队构成也是这样的。乐队从深情的《真的好想你》《烛光里的妈妈》吹起，一直吹到沉重的《送战友》，再到悲伤的《铁窗泪》，最后到高亢的《走西口》，有时，还变成了欢快的《叫声哥哥快回来》。有的地方还有专业的"哭场人"，把气氛弄得热闹甚于凝重。从清晨5点开始，一直唱到7点结束，我经常会在半梦半醒中以为这是昨日宿醉的舞场的延续——而且还是来自20世纪80年代。家里亲戚、单位朋友、隔壁左右邻居一起将人送往殡仪馆，快的话，当天"上山"。

以前武汉较著名的墓地被称为扁担山。在武汉，上山的意思就是事先在扁担山选好墓址，当天直接将骨灰埋下。好友在接下来的几天可能会陪着守灵，也有打通宵麻将的。每年的清明，亲人会来此祭奠亲人。但在武汉，"送你上扁担山"是个十分恶毒的诅咒。

可是，亲人的去世是需要处理的一个过程，它所处理的对象是"哀伤"的情绪。在中国很早的时候，我们会花很多时间和复杂的仪式来处理这种情绪。比如孔子对于父亲去世的处理为：3年无改于父之道，谓孝矣。他将对丧父的哀伤处理定为3年（当时一代为30年，3年相当于现在的6年或更长的时间）。后来，人们接受了这种概念，甚至准许在3年服丧期间，带薪辞官回家。当然，孔子的意思并不是居丧3年百事不做、哭哭啼啼、寝食不安，而是要"学而时习之，不亦乐乎"。

即便是革命年代，它也是个追溯同志功绩、抒发缅怀对同志情感的一种途径。毛泽东在纪念张思德的《为人民服务》一文中写道：以后我们的队伍里，不管死了谁，不管是炊事员，是战士，只要他是做过一些有益的工作的，我们都要给他送葬，开追悼会。这要成为一个制度。这个方法也要介绍到老百姓那里去。村上的人死了，开个追悼会。用这样的方法，寄托我们的哀思，使整个人民团结起来。

不过用孔子说的那么长的时间来处理哀伤，按照现代精神疾病诊断标准来看，这种哀伤显然过了头。弗洛伊德在其《哀伤与抑郁》一文中写道：抑郁和哀伤的共性在于均有生活事件为前提。哀伤通常为对某个亲密的人的丧失所产生的反应，或因离开自己亲爱的祖国、失去自由和理想等所产生的反应。在类似的情形下，我们可以观察到一些人应该为哀伤反应的时候却表现出病态的抑郁。值得提出来的是，哀伤并非病态，也不需要治疗，虽然有时它可以导致人们变得脱离原来的生活轨道。我们相信，在经过一段时间之后它会自然痊愈，其障碍为广泛的以针对自己为主的表现。

抑郁则以严重创伤后的精神表现为特征，对外界的兴趣减弱、爱的能力丧失及所有能力受限及自我价值的丧失、伴随着自责和自怨，甚至出现带有妄想性的惩罚期待。在哀伤中也伴有自我价值的降低，但自我感觉仍保持完整。当丧亲时，会出现精神的极度痛苦的体验，以至于失去对外界的兴趣——就像不愿接受亲人已经死亡的现实一样。对新的客体选择而替代旧的亲人的能力的丧失，实际上是不愿回避任何能令人想到亲人的一种方式。我们可以理解，这种自我的阻遏及受限为哀伤的表现，其他的主动功能和兴趣并未丧失。由于大家均可理解这种情绪，故大可不必视其为病态的。

武汉的城市化发展与中国其他城市一样，从内环到外环，从二环到三环，然后还有四环、五环；从一个市区到合并其他郊县，发展多个市区。生活节奏变快，生活变得越来越沉重和复杂。同事开玩笑说：20多年前，38元的工资就够了，也不欠债，10多年前三五百元工资也够生活，现在3000元工资还欠一老鼻子债（要买房子、车子）。

说到底，人类大脑的进化速度是很慢的，近百年来造成社会重大变迁的始作俑者是人的大脑。但大脑本身结构没变，重量也没有变，还是5个脑叶；精神

把生活过得简简单单，把仪式弄得复复杂杂。这样，在内心中有敬畏、有回忆，也有情感。

观世界／天近星辰大，山深世界清

成分没变，还是有焦虑、抑郁、恐惧。人的最终结局也未能改变，还是会死去。

也许古人的原则是对的：把生活过得简简单单，把仪式弄得复复杂杂（各种祭奠仪式）。这样，在内心中有敬畏、有回忆，也有情感。

当代人的生活十分舒适：网络可让你足不出户而知天下事，电子邮件及手机可即刻让对方知道你的想法。但这就失去了空间上的距离感，造成心理空间的侵犯和强迫性的融合，这种融合感在电影《手机》中有所反映。

伊拉克人民还可体会"烽火连三月"的意境，我们却再也找不到"家书抵万金"的滋味了。

我们也许可以推测，城市化的发展，缺乏时间去哀悼、缺乏对逝去亲人依恋情感表达的空间，可能是导致哀伤的情绪向抑郁转化，抑郁症增加的各种原因中的社会文化因素之一。

诗人埃里希·弗里德说得好：

记忆，

也许，

是试图遗忘的

充满痛苦的方式。

也许，

也是减轻苦痛的最好方式！

观世界／天近星辰大，山深世界清

汪口那条从容的狗

每当我被你拥抱的时候，

那是真的吗？

沉默变成蜿蜒的河流，

形容词在漂泊。

每当我想念你的时候，

那是真的吗？

抬头望着美丽的夜空，

星星正在闪烁。

我有消极的理由，

所以从不要求。

你有坦白的自由，

却从不对我说。

说，说你永远都不离开我，

说，你会保护我。

爱是危险的旋涡，

说出口就会沉没。

说，说你永远都不离开我，

说，你会保护我。

说，说你甜蜜的话不是敷衍我，

爱是星星在闪烁，

说出口就坠落。

听着刘若英的歌曲很容易让人做青春的梦：漂泊、多变、冲动、幻想，还有……伤感和成熟。慢慢地，青春已经不再是我们的特权了，这种感觉却为沉甸甸的生活的沧桑所填满。

既然青春有冲动的理由，我和曾奇峰决定再"青春"一次。在赴合肥去参加中德精神分析培训的途中，我们开车绕道江西，沿路随意地停走。

第一站为景德镇。下午3点，阳光斜照在城里的小河上，粼粼波光有些晃眼，沿着河边种的一些梧桐树无畏地挡住一些光，又由它们斑驳地照在坑坑洼洼的路面上，沿河的道路上站着和坐着许多老年人，打牌、唠嗑、旁观，更多的则在发呆。我倒很羡慕他们，没有时间的限制，也不着急生活向何方去，让日子悠悠地度过。

往远看，河面上竟然有迷蒙的感觉，似乎在远处河道的弯处长出一簇城里少见的绿莹莹的树丛，给本已经不强烈的阳光增添了秋意。往河对岸看，则有巨大的城堡阴影凸现。我惊讶于在这小城市里出现的这种景观：在河岸的坡上逐渐升高的堤坡簇拥着结实的石板堆垒出类似意大利山区常见的郡堡。这让我想起，1995年有一天到德国的一个叫沃尔姆斯的城市去拜访朋友，天逐渐黑了，开车一路找不到那城市，心里有些着急，突然在眼前横空出现一座巨大的城堡，横亘着逼近，那巨大的城门和两侧高耸的双塔顶，仿佛要让你进入一个魔神之地。

子不语怪力乱神。这十分有道理，见到这样的景观，你唯恐自己离之太近、陷入太深。慑于其雄伟、阴戾以及神秘的感觉，说不定先就给要想来犯的敌人造成了心理上的威慑。也许，景德镇的瓷器制作秘密就是这样保存下来的。

在一个小小的公路招待所里，一群不到20岁的男女服务员正在开心地玩牌，他们脸色红润、身材结实，专注而喧嚷，丝毫看不出他们已经从早工作到下午的疲劳，也丝毫未因我们的到来而影响他们玩耍的兴致，更不因要腾出手来为我们服务而显出不耐烦。他们依旧以不紧不慢的速度介绍菜谱、上茶，用江西话告诉你他们的特色菜肴。菜自然是深得吾心，但更精致的是用景德镇瓷制作的雕画着古画的瓷坛，内盛用辣椒、腌肉、酒酽过的干笋，裹上糯米，再在表面铺上一层蒜泥和葱片。辣得年轻，酽得老道，如同我们看到的老年人和年轻人，均是做着那个年龄该做的事情和体验着该体验的心情。老年于是显得不那么悲哀，而是俨然从容；青年显得并不迷茫，而是快乐而单纯。

接下来的路程美得炫目。婺源被称为中国最美的古镇，实际上为一个地区，周围有许多景点，如鸳鸯湖、李坑、江湾、汪口。其中，鸳鸯湖为最大的野生鸳鸯集栖地，据称全世界4000多对野生鸳鸯就有2000多对来此过冬。鸳鸯湖实际上为一个人工湖泊，周围由一些小山丘围绕着，由于没有多少游人，显得十分安静。在已经昏暗的光线下，湖泊中任何偶起的涟漪都被解释为由尚未归巢的鸳鸯所为。导游不断地提示可以租借在湖边建造的达到三星标准的鸳鸯屋过夜，她急切地解说着鸳鸯湖的一些传说和一些人工作品的意义（如鹊桥和连心锁），年龄与前面辣得年轻，酽得老到，如同我们看到的老年人和年轻人，均做着那个年龄该做的事情和体验着该体验的心情。

所说的服务员相似的她，和这人工湖一样变得十分庸俗和商业化。我们决定离开，两个只有友谊的男性没有必要在一间鸳鸯屋中夜宿。

第二天清晨，旅程的商业气息变得越来越浓厚。李坑是一个村子，但进村需要买票，还有专人导游解释村子里的一些人为建筑的人为故事。

我们觉得最安静和自然的还是一些未开发的村子。村里不是那样人工的安静，打谷场上散落着脱粒的谷子，古朴的木制脱谷机落寞地竖在那儿，几个妇女自然地奶着孩子，并友善地对着你微笑，孩子则好奇地看着你的车子在泥地里碾出的车辙印。远处的稻田错落有致，田尽头屋顶的炊烟似乎可以一直飘进你的嗅神经深处。

一座小桥横于很浅的溪水沟上。沿着小溪边盖起的屋子全为白墙、黑瓦并带弯角的屋檐，走近看可发现精雕细刻的镂空木头装饰。在汪口的俞氏祠堂里，我们发现此类房屋的典型造型，其双柱上刻有一副对联，书曰：

青山抱水水抱村赣北无双景；

彩凤磐龙龙磐阁江南第一祠。

我觉得，对联前面都写得不错，后半句强调第一，则大可不必了，精神分析将此考虑为极端自卑、不自信的表现。

倒是在俞氏祠堂旁的一家小店未挂"天下第一店"的招牌。我们蹚入时，一条家狗端坐在地，虎视眈眈地望着我们，既不摇尾，也不发出按捺不住兴奋的呜咽声。一个中年妇女热情而不失分寸地接待我们，我们只想吃面，曾奇峰从冰箱中寻出带苍蝇的腌猪肉，我们指明要吃它，那妇女平和地说：可以，不过要等30分钟。我们索性到村子里去游荡，让腌肉在蒸笼中慢慢体验高温吧。村子里的妇女带着孩子在溪里洗衣，清澈的溪水和着早晨透明的阳光，伴随着妇女捣臼衣服在石板上发出的沉闷的声音和她们互相开玩笑的清脆笑声。孩子在小溪边盯着游近的鹅和鸭子，它们以为洗衣粉是可以吃的饲料，却被喂向了衣服，在水中形成一阵白雾而消失。

奇峰说，这还是会造成污染吧。

村子里几乎没有街，只有纵横交错、狭小的巷子，并排只能走4个人。每家的门面就临着巷道，是那种带木坎的板块门，可约莫看到厅内高耸的案几上的蜡烛、盛着剩饭菜的笼屉和一些拜祭的图腾，正面墙上还有应该是祖先的照片。房子虽只有二三层楼高，但即便是在早晨，光线在狭长的巷子里也显得吝啬，较昏暗的屋里并无什么现代化的设备（甚至没有看到电视机），多数村民看来并不富裕。一个7岁左右的女孩正坐在门槛上吃早餐，看上去是面条拌腌菜和辣椒，我不禁赞道：真好吃！她瞥了我一眼，很自然而略带自豪地说道：那当然！说罢，埋头大吃起来，不再理我们。我们不禁笑了：不屑于羡慕外来的诱惑，也不为自己落于山村而感到畏缩，我们甚至能够感受到这小女孩的傲气——为自己平常的早餐，她一定也为自己的父母，为自己所处的居住地而感到骄傲。唉，她长大了要还能够保持这样的朴实就好了。

不管如何，这里的山水和人们非常干净，是那种心灵被洗涤过的感觉。最后吃到的腌肉（当然不含苍蝇）无比鲜嫩爽口，它是用糯米裹着闷在干柴烧灶的锅上慢慢地蒸透的。我们谢谢这位妇女时，她说她不是老板，这时进来一个20多岁的女孩，她自然地打着招呼，妇女说她就是老板，我们夸她家的腌肉好吃，她似乎还有些不好意思，说这儿的茶叶也很好，说着举起了手中的一条大河鱼，这也是这小河里的，以前还大哩。这时，那条狗也在旁边嗅来嗅去，然后低头走到奇峰的身边准备沾些腌肉的香气。

吃完面条和腌肉的奇峰点起一支烟，说，"你刚才进门时的样子好像是这狗的亲戚"。我进门时的确装着与这狗很熟，随便起了一个小名（如小芳）跟它打着招呼，它便摇起了尾巴。奇峰说，这可是投射性认同啊。你装作是狗的熟人，它以为你是它亲戚，摇尾巴后，你就认为是它的亲戚了。你们互相认同了本来毫无关系的关系。我一想，这过程的确很有意思，虽然我没有认为自己是狗，但这狗可能认为自己是人了。不过我想，投射性认同的起因还是缘于害怕或者恐惧，如果已经相互认识，就不会有害怕的感觉，只有觉得不安全时才会产生保护性的幻想：我认识你，不要怕（吠叫或咬人）。本来，很多家狗并没有想象的那般可怕，它们是愿意与人为善的，只是从人那儿获得太多的痛苦的体验：被谩骂、被暴打，甚至被宰杀。它们天生就处于不安全的环境中，所以要装出攻击的模样。我在德国看见的狗则温和得多，它们知道自己处于比较安全的环境中，所以不必以凶狠面容示人。只有在自己的安全受到威胁时，才会在表面上装着不在乎的样子，认为自己很安全，很有力量，实际上，骨子里非常害怕。这就是我们平常说的分裂，一方面，认为自己是世界上最有威慑力的狗，不容侵犯；另一方面，则非常卑微地认为，自己会随时成为人之鱼肉，所以多数情况下会乐于找一个人并服从之。这样，遇见陌生人假装认识它时，摆脱恐惧的最好办法就是像人认识它那样认识人，人接受它就可以给它吃腌肉而非狗肉了。如此，这狗深谙做人做狗的道理，"天下第一狗"的称号倒不辱没了它。

至今，我们还在怀念汪口叫"小芳"的那条投射性认同的狗。

礼而不周乎

　　上周，我抵达德国。我推荐到德国来的一个学生先于我三天来到德国，处理完一些事情，已经安定下来。我告诉她，我准备到萨尔州的萨尔布吕肯城去，也邀请她去，我还有个学生也在那儿，已经来德国三个月。刚来德国的这位学生犹豫几次，然后告诉我，路费太贵了。

　　一次单程火车，从她所在的埃森到萨尔布吕肯要100欧元，她决定不去了。

　　理由比较常见但出乎我的意料，单程车票之所以贵，是换算后比较贵，按目前人民币对欧元的汇率，相当于约800元人民币，当然是贵了些。很多刚到德国的学生（或旅游者）都会自动地对欧元加以换算，然后得出结论，德国的东西比中国的贵，这也是事实。我的意料之外在于这个学生并不是缺钱的人，在国内一次性消费1000元人民币对她也许并不是一件太大的事情。作为导师，我并没有命令她过来，而是留给她选择的空间。但我提出让她过来，当然有我的考虑：萨尔布吕肯的阿尔夫，是德中心理治疗研究院的副主席，也是下一任的主席候选人，还有可能提名为德国法兰克福弗洛伊德研究院的院长，也是德国心理治疗协会的前主席，我们已经有很多年的交情，我希望我的学生也能和他建立关系，他是萨尔布吕肯精神分析研究所的所长，我将参加当天晚上在研究所的督导，这也是向学生呈现如何协同督导的模式。她不来，当然今后也有机会认识阿尔夫和参加督导，但肯定不是这种气氛了。

离开德国，我将开车到法国的梅斯短留，回来经过卢森堡，也会到德法边界最大的购物中心去看看，这样算起来，100欧元的这些经历应该值了。

我觉得作为导师，传道授业解惑，于我来讲，会把传道放在首位。所谓"道"不仅是如何做科研、写文章、看病的方法，更重要的是如何适应社会、如何做人。这些学生足够聪明，可能在科研上很快能掌握方法，在临床上也很刻苦，很快能独立看病，但他们或许只能成为普通的医生和心理治疗师。因为，在人生重要的时刻，他们缺乏独立做出重大正确决定的能力。与上面那些经历相比，100欧元是个很小的数目，如果我命令她过来，她肯定会过来，但这种有缺憾的经历也属于研究生培养的一部分，那就是她可能会知道，如果不亲身去经历某件事，就会失去可能是属于她的那部分经历，而这个经历可能会使她今后少走许多弯路。

1996年，我在德国工作快两年的时候，面临一个重大的专业抉择——是否要到另外一个城市去接受一次希望渺茫的面试。当时奖学金已近告罄，要开车到几百千米以外的城市去做考察工作数周（无工资），要租房子，当时很犹豫，犹豫的最重要的一个因素就是经济问题。但我还是决定去，花了现在看来不多，但对我当时的状况来说是很大一个数字的几百马克，最后也没有获得那个位置。至今，令我当时做出那个决定时的勇气一直在鼓励着我进行着新的探索。

经历能够扩大人的视角，更重要的还有去体验一些基本交际的规则。只有在具体的交往中，才能体会和学到很多看来是繁文缛节的，却是基本的人与人打交道的技巧。比如喝茶喝汤不宜发出声音，吃东西不宜发出很响的咀嚼声（很多人吃面喜欢发出"呼呼"的声音，梁实秋就曾经对此大加称赞，认为吃面不出声，不足以表达心里对食物赞美之感情），进餐时需要等候所有人到齐才可入座，所有酒杯里加上饮料或酒才能举杯，所有人的食物均上齐才可举箸，先用哪个刀叉后用哪个刀叉，开会和约会要准时……此次巴登符腾堡州的州秘书长接待我们一行时，首先声明他近日感冒，如果他中途临时退场，不是不礼貌，而是他必须去处理他无法阻止的大量鼻涕去了。德国人感冒或平时拧鼻涕把手巾或纸巾放在鼻子前使劲地发出"轰轰"的声音，唯恐别人不知道，这并不失礼（但吃饭时口中不能出声）。但开会时接电话、交头接耳、无故中途离开却是失礼的，为此他才特意强调。礼节是有"潜"规则的，它可能体现在很细微的地方，有人在相应场合下指点，可能马上就能领会。一般是年纪大、辈分大的人和好朋友可以指点。有时候，因为不知道一些细则，可能自己在不知情的情况下，别人对你退避三舍，从此不来往。我的一个学生说她来德国3个月之后有德国学生告诉她，吃东西要尽量不出声。我对她说，德国人一般很耿直，但能够直接说出这一层，应该是很信任和友好的关系了，一般的人出于礼节，不多说，但也不会再请你了。

孔子很早对诗和礼仪进行了整理，历史上描述为：孔子删诗书，定礼乐。对诗，他说：《诗》三百，一言以蔽之，曰："思无邪。"他对诗歌进行了大量的删选，但礼乐，他却没有大动干戈地删减，反而不厌其烦地去描述各个细节。他说，生，事之以礼；死，葬之以礼，祭之以礼。孔子这样重视"礼"，其好处在于"其为人也孝悌，而好犯上者鲜矣，不好犯上而好作乱者未之有也"（《论语·学而》）。不过，孔子并不拘泥形式，他强调说，质胜文则野，文胜质则史，文质彬彬，然后君子。

一些自古流传下来的礼节在近代被认为是封建的糟粕而遭到摒弃。在一些偏远的地区，在某些少数民族地区或在农村，一些仪式仍在进行，少数民族因被认为他们有特殊的习俗而对此加以保护和尊重，对老祖宗传下来的东西，却被认为是迷信或落后而加以鞭挞。

今年4月，我到美国讲学，一个朋友请我住在她家。她有一个14个月大的儿子，她和丈夫住在曼哈顿一栋复式楼的楼上，这个14个月大的儿子独自住在楼梯中间的一个耳房里。我问她，孩子从何时开始独自睡的，她说3个月大的时候先是让他一个人睡，她每天不厌其烦地跑上跑下喂奶和陪他，全凭一个电子传感器，孩子醒了、哭了都可以通过这个传感器唤醒母亲；6个月的时候，母亲在床头安装了一个电子模拟湖，孩子醒来时，传感器先启动这个电子模拟湖，它是一个长方形的扁平挂器，中间镂空透明，装上一些水、鱼和珊瑚，启动时灯亮起来，里面波光粼粼，鱼开始游动，只有两个运动方向，从左到右，从右到左，而且只有一条鱼，运动速度奇慢，没有任何声音，孩子就躺着正对着这个模拟湖，看着鱼儿慢慢地从左游到右，又从右游到左，他又会慢慢地睡着。这样，到孩子6个月大的时候，母亲除了喂奶，就完全不需要特意去照顾孩子了。对比国内，许多孩子和父母（主要是母亲）一起睡觉，多数持续到五六岁。一次培训时，一位母亲无比自豪地说，我儿子很喜欢和我一起睡，他爸爸每晚会乖乖地到隔壁去睡觉，我问，儿子多大了，她说，17岁！大家顿时哄堂大笑。可是，有谁会笑话母亲和四五岁的孩子一起睡觉呢？谁能够想象，孩子3个月的时候就独立睡觉，6个月的时候完全和母亲分离呢？

这样的做法当然会导致孩子产生恐惧，怕黑、怕被抛弃，孩子内心无比挣扎，产生无数与死亡、绝望有关的妄想，如前面所说，母亲及时赶到，能够起到安慰孩子的作用，但母亲的缺席，却让孩子有发展战胜恐惧的空间。在这个空间里面，玩具（电子模拟湖）等替代了母亲（过渡性客体），孩子必须发展自己的思考能力，对于西方来说，这个能力就是抽象的、理性的认知，对于东方来说，由于每次的经历都与具体的人和事相关，所以变得特别感性。对西方来说，这意味着个体很早就要学会独立处理焦虑，而对东方来说，意味着家庭、父母十分重要，他们成为处理焦虑的替代品。无法绝对地去评价孰是孰非，父母包办太多，一定会影响个体的独立思考能力，而西方人过早的独立，实际上也失去了家庭这个可以利用的资源，也可能是产生众多焦虑症、抑郁症的原因之一。需要说明的是，上述的母亲并不是把孩子放在一边不管，而是该出手时才出手。我问过她，电子感应器有没有失灵过，她说，只有一次，她忘记开了，半夜惊醒跑下楼，一切正常——这说明，好的母亲在内心总会有一个无比敏感的传感器。

所有的仪式，来源于处理这种原始焦虑的重复过程，对个体来说，可能是喜欢某个玩具、习惯某个动作，对于人类的群体来说，则会形成固定的宗教仪式。

好的仪式能够让人平复焦虑情绪，并有足够的精神空间去发展自己成熟的部分——学习、恋爱、工作、交友；坏的仪式来源于没有处理好焦虑情绪，包括一些强迫的行为、思维或病理性的症状。

遵从一些固定的仪式，就相当于遵守了集体无意识中共同的规则，不遵守规则，可能从深层来讲，触犯了人类共同的焦虑，因此变得无法忍受。比如恋人接吻很甜蜜，但恋人共用牙刷，则可能会产生不适感；同样，吃饭发出声音，可能对有些人来说，意味着喜欢你做的菜肴，对另外一些人来说，则可能是冒犯。

前面讲过，仪式有助于处理焦虑，这样人就有了思考的空间，但在东西方，仪式的不同，还代表精神空间大小、距离的差异，因此，懂得一些西方的仪式，也就把握了人与人之间交往的距离。在潜意识中，大家可能觉得和你交往比较放松，于是，你就融入别人的群体中去了，而这可能是在文化差异之外的东西，是人类所共有的潜意识，很多是非言语层面的，只有通过亲身经历才能获得。

于　法国巴黎

论心理

己欲立而立人

与弗洛伊德殊途同归

埃里克·坎德尔，2000年诺贝尔生理学或医学奖的获得者，以精神分析的笔墨写出了自传性的书——《追寻记忆的痕迹》。

衡量一个人是否懂精神分析或者是否从事精神分析，要看他是否用潜意识说话。当然，按照弗洛伊德的定义，没有人逃得掉潜意识的影响。怎么判断谁在用潜意识说话呢？那些梦呓的人（如醉汉、精神病人、受重大事件刺激者），那些关注象征意义的人（如文学家、艺术家、牧师），那些深受过去记忆的影响而以此作为人生追求的人。坎德尔属于最后一类人，当然，他浸润在维也纳的文化和精神分析的气氛中，深深地为它着迷。不过，让他记忆深刻的却是维也纳给他幼小心灵带来的创伤。

坎德尔在开篇就描述了给他带来恐惧的维也纳的"水

晶玻璃之夜"——在纳粹的影响下，维也纳从平民到高级知识分子一边倒地展开排犹运动。坎德尔描述道：仅在9岁的时候离开父母对我来说仍是件很痛苦的事情……在纳粹官员上车检查的时候，我的焦虑几乎达到了无法忍受的程度……

2006年，弗洛伊德150周年诞辰，德国《明镜》周刊在街头随意抽查人群，问当提到精神分析时，他们会想到什么？多数人的回答有弗洛伊德、心理治疗、梦、潜意识、超我等字眼。坎德尔这样描述他对精神分析的兴趣：弗洛伊德是犹太人，曾在维也纳居住，后来也被迫离开了维也纳。这一事实使我对精神分析学的兴趣进一步加强。阅读他用德语写的作品唤醒了我对曾经听说过，但从未经历过的学术生活的一种热望。

坎德尔获得诺贝尔奖的原因为他阐明了神经系统信号转换的关系，找出了人类形成长时记忆的秘密——一种能够形成内隐记忆的蛋白——从而证实了潜意识的存在。他在描述枯燥的科学实验时却用了充满趣味的语言。坎德尔向我们介绍了一种有趣但不常见的生物——海兔。他指出，选择实验动物非常重要，它应该具有简单可以显示你需要的实验对象，同时又容易养活，还比较经济的特点，而海兔正是这样的一种生物，它具有简单、容易分离的神经节。坎德尔这样描述海兔：我们对海兔的各种行为简直熟悉得不得了，其中包括进食、运动、喷墨和产卵。最令人称奇的是它们的性行为，这是海兔最突出的社交行为，海兔是雌雄同体动物，它们有时是雄性，有时是雌性，有时甚至既是雄性又是雌性。如果条件适宜，多只海兔会排成一条交配链，这时，每只海兔既充当雄性又充当雌性，对于前面的来说它就是雄性，而对于后面的来说它则是雌性。

我们几乎可以在书中看到神经科学从20世纪60年代到今天的发展轨迹，从神经解剖与心理的对应关系，到神经元、突触的传递机制以及记忆的形成，可以看到坎德尔在美国顶尖学院工作的经历及其当地的学术气氛（麻省心理健康中心、哈佛大学以及哥伦比亚大学）。看到坎德尔在1965年面临着职业的抉择：他接到邀请，任波士顿的贝斯以色列医院精神科主任，前任主任是著名的精神分析学家格蕾特·毕博亚（Grete Bibring）。如果这样改写历史，我们无疑会增加一名著名的精神分析师，而这和弗洛伊德的经历截然不同。弗洛伊德早年曾经是非常出色的神经科学研究者，因为需要养家糊口才不得不开门诊当医生。这样，早年严格的医学科学训练练就了他细致的观察能力和严谨的写作作风，最终弗洛伊德创立了精神分析。

对于坎德尔来说，对精神分析的热爱终于没有大过他对神经元信号传递机制探索的兴趣。严格的科学训练没有磨灭他的人文情怀，他在本书中几乎是非常细腻地记录了他的每次心理变化，比如，在接到通知自己即将获得诺贝尔奖的电话时，他这样描述道：当时处于怀疑状态的我，不知该说些什么，只是一再表示感谢……Denise（其夫人）看到我当时的样子开始有些担忧。我一直静静地躺着，耳朵贴着电话，这个动作似乎凝固了。她没有打扰我这一沉默的姿势，只是担心我可能是听到什么消息而受到情绪上的打击。当我放下电话，告诉她这一切时，她异常激动，欣喜若狂，同时也为我恢复正常而松了一口气。然后，她对我说："瞧，现在还早，你再睡会儿吧？"

坎德尔毫不掩饰他对自己作为犹太人身份的自豪和对纳粹主义给犹太人带来的灾难的记忆，他积极参加犹太人回归维也纳的活动，并对自己在美国的生活充满着感激，他描述了这样一幕：维也纳著名的城市地理学家利希滕贝格在一次聚会中问坎德尔，奥地利和美国在生活上有什么差异。坎德尔告诉她不该问这个问题，因为根本没有可比性，1939年，坎德尔逃出维也纳保存了性命，在美国过着享受特殊待遇的日子。然后利希滕贝格弯下身子对他说：

"让我告诉你在1938年和1939年发生了什么事情，当时的维也纳有很多人失业，在家里我就能感觉到，人们很贫穷而且压抑。犹太人控制了一切——银行以及报社。大部分医生是犹太人，他们简直是在榨干这些穷困人的每一分钱。那真是可怕。那就是后来一切发生的原因。"

开始坎德尔以为她是在开玩笑，但是当他意识到她是认真的时候，坎德尔情不自禁地对她咆哮："我不敢相信你竟会这样对我说话！你这样一个学者，竟然盲目地在散布反犹太的纳粹宣传。"

这些描述反映了一个科学家作为普通人的良知。也许，我们在实验室培养出来很多研究生，也许心理学界培养出很多心理学人才。在科学训练的过程中，我们是否忽视了对人的德的培养？当今的科学家是否应该更多地承担起社会的责任，起到示范的作用？这是坎德尔这本书给我最深刻的印象。

于　武汉

粮食与汤

一个年轻的治疗师在督导时说，我的所有问题都与自我价值有关。每当我向我的上级医生去确认这一点时，他们总讲：你是我见过的最有灵气的治疗师，再努把力；不错，你做得不错；你去想想你的反移情。

每次他们这样说的时候，我就想：再好的汤，还是要有粮食呀。我的粮食在哪里？是在他们给我的鼓励中，还是在每次督导的活动中？或者，它仍需要自己去制造。有时，觉得父母还是不夸自己孩子聪明的好，以免他们日后不努力，因为他们以为"粮食"唾手可得。

心理治疗师的粮食是什么呢？理论、实践经验、生活见识和人生观等，这一切均可作为治疗的资源，作为提供治疗维持的"粮食库"。

这位年轻的治疗师也在接受自我分析，她说自己接受自我分析的原因是想体会病人在自己那儿的感觉，看分析师是如何抽丝剥茧地用理论的刀切开病人病理性的思维并将之摘除掉的。所以，在开始时，她非常在意分析师讲的每一句话，并试着去想自己的病人在自己面前会如何去感受，而到后来，她就不再在意分析师所讲的内容了，而是去想治疗师也有自己觉得一些匪夷所思的态度，她形容为"端着"的态度。意思是，当她觉得与分析师之间可以以一种更轻松、随意的气氛进行分析性交谈时，分析师就拿出一副"分析的专业态度"，让自己觉得是在被分析，是病人，于是自己也"端起态度"，当自己是病人。这时所谈的就是如何获得"粮食"，剖析自己为何缺乏粮食，但是，这就失去了与分析师去探讨内心真正感受的机会。

我突然感到，该治疗师在讲这些"粮食"时，让我对看似不重要的"汤"产生了更多的兴趣：她实际上是在说"汤"。

什么是"汤"？中国人认为食物的精华均在汤中，所谓"原汤化原食"。在广东（现在这一习惯也在全国扩散），餐前先要上一碗炖得透透的热汤来温润喉咙，刺激味蕾，从而调动食欲，这也安抚了跃跃欲试、令人略感不适的胃黏膜。

什么是心理治疗的"汤"？

信任、无条件接纳和给予支持。

什么是心理治疗的"汤"？

信任、无条件接纳和给予支持。

很多从事心理卫生工作的人发现，有时自己什么都没做，病人的症状已经好了大半。一名从事神经病学工作的高年资女医生，掌握了一些家庭治疗的知识，每次在处理神经症病人的时候，就习惯让他们画出家谱图。在一次地区年度学术报告中，她描述通过画家谱图就可使病人获得对症状的领悟并好转，此结论令与会者怀疑不已。事实上，多数这些神经症病人未从别的医生那儿获得在她那儿的待遇：与自己的经治医生一起画图，把自己的经历像故事一样讲述出来。依本人与这名神经科女医生的交往所获得的了解，我深知她对病人的热情、关切完全是出于其自然的本性。因而，出现病人症状哪怕是被称为"移情性好转"的现象就完全不奇怪了。可以说，病人的症状融化在她接纳的"汤"中了。

因为爱你，所以我要成为自己

安娜·弗洛伊德作为弗洛伊德最小的女儿，深受弗洛伊德所爱，她也爱她的父亲，终身未嫁。为了捍卫父亲，她和梅兰妮·克莱因掀起了长达数年的论战，此行为成为英国精神分析的标志性事件，并推动了精神分析的发展。在英国，你想学精神分析，你必须弄清楚你的导师的学派是梅兰妮·克莱因的，还是安娜·弗洛伊德的，或者是温尼科特的。好在大家达成的协议就是候选人都可以学。

弗洛伊德在建构了精神分析理论的骨架后，对本我、超我进行了较多的描述，其女安娜则在自我及其功能上进行了更多的描述，她的传世著作《自我与防御机制》是对她父亲的理论的创造性补充，也是对自己能力的证明。

在精神分析历史上，安娜·弗洛伊德很早熟，她想找弗洛伊德的学生做分析，而弗洛伊德虽然是一个揭示人性的真正的大师，但事情落到自己头上时，还是会不好意思。一个例证就是在《梦的解析》第二版时，他删掉了第一版中的许多自己的例子，因为那涉及很多家庭隐私和秘密。第二个例子就是弗洛伊德给自己的女儿安娜做自我分析，这虽然也是迫不得已，但也许是防止隐私外泄的最保险的途径，可见弗洛伊德在保护自己和家人以及自己的理论上的坚决。

一个重大的秘密是安娜是一个同性恋，这在当时也许是最大的秘密。也许，安娜一辈子都竞争不过一个死人——她的姐姐索菲。其实弗洛伊德一辈子最爱的是他因病去世的大女儿索菲。在索菲去世后，弗洛伊德陷入了深深的哀伤中，他在旷世之作《哀伤和抑郁》中对抑郁的深刻理解大概与丧女的体验有关吧。而这对安娜来说，就变成了一个过不去的坎。在她和她的伙伴哈特曼的观念中，一个人的自我是有一个无冲突的区域的，即那些对真、对美、对大自然的热爱和探索，与父母的期许，对愿望满足的冲突无关，而是自我功能的一种表现。

在自我心理学派看来，自我并不是一个私生子，要藏着掖着，偷偷摸摸，后来生发，而是先天就存在，并且可以自我发展壮大和分化。这种理论上的差异，不知道是对父亲弗洛伊德理论的补充，还是背叛？在行为上，安娜是有很多反叛的，她后来谈了一个女友，并且给女友的女儿做了自我体验，这似乎回应了她的父亲，我爱你，所以我要成为你，我也爱自己，所以我又不是你。

男人之间最大的战争就是爱上对方

2022年7月26日是荣格147周年诞辰。

卡尔·古斯塔夫·荣格，1875年7月26日出生于瑞士和德国比邻的巴塞尔，比出生于1856年5月6日的弗洛伊德晚19年。

1904年8月22日，荣格写信给好友：每天我要写20封医生函，做20个问诊，满医院会诊，我都感到不耐烦了，去年以来这样的生活节奏让我瘦了40磅，这反倒不是坏事。不然呢，如果生存的不确定性不是那么大的话，还有比这更好的事情吗（我们从生活中能收获到比工作中更多的东西吗）？荣格承认，工作是他的最爱，特别是能够窥视灵魂的深处的工作。

1904年10月，荣格成为布尔格霍尔兹利医院的全职医生。当时，布尔格霍尔兹利医院为欧洲最大的精神病院，当时科主任布鲁诺为欧洲最负盛名的精神科大咖，很推崇弗洛伊德的理论。

1904年，荣格即将满30岁，娶了瑞士最富有的家族的女儿艾玛，意气风发。妻子和他被允许住在医院里，成天和癔症病人、精神分裂症病人、酒精成瘾患者、吸毒者、有自杀倾向的抑郁症病人生活在一起。

1904年，弗洛伊德48岁，已经发表了《梦的解析》，即将发表《少女杜拉》和《性学三论》。

弗洛伊德在1902年接受了奥地利皇帝颁发的维也纳大学的特聘教授证书，1903年，他和好友弗利斯的关系出现裂痕。

1906年，弗洛伊德50岁，和弗利斯长达十余年的关系彻底破裂，荣格这个时候开始定期和弗洛伊德通信。

实际上，在1905年，荣格就把他的字词联想实验的论文复制了一份，寄给弗洛伊德，信开头用了"最尊敬的教授"的称呼。

弗洛伊德寄回一张自拍照给荣格。从此开始了他们俩热情洋溢的通信，甚至荣格回信稍迟，弗洛伊德就会连发询问，热烈程度不亚于弗洛伊德当年追妻子玛莎。

1907年3月，弗洛伊德在他的维也纳寓所山顶胡同街19

号接待了荣格及其夫人艾玛。那是一个周日，他们和弗洛伊德全家共进午餐，弗洛伊德的妻子玛莎、小姨子敏娜和弗洛伊德的孩子都在场。

观点不同从那时就开始了，荣格在来之前在一封信中就问过弗洛伊德，您不觉得除了性以外，其他基本驱力因素，如饥饿以及由此引出的进食、吸吮、亲吻动作也可能导致神经症吗？

虽然在他们见面时连续畅谈13个小时传为佳话，但在1912年，两个男人为了捍卫各自的学说，还不如说捍卫自我，分道扬镳。弗洛伊德写信给他学生欧内斯特·琼斯：他似乎已经穷尽了他的才华，行事疯癫，对我表达一些亲密的词语之后，他的言辞显得粗鲁。弗洛伊德还在给另一个学生费伦齐的信中写道：荣格的举止像一个捣蛋的傻子，又像一个粗野的村夫，他也许就是！这些言语标志着弗洛伊德和荣格的"蜜月期"告一段落。

荣格在告别了弗洛伊德后几乎陷入一种癫狂状态，有很多可怕的幻觉，梦见山顶落雪都变成血流成河。1914年，第一次世界大战爆发，大战持续了四年，荣格找到一种自我排解的办法，就是把头脑中的幻想用他的艺术天分——绘画表达出来，最后造就了《红书》的诞生。至今，人们不知道该把他视为心理学读物还是艺术类作品。

弗洛伊德由于早年母亲生弟弟后对他冷落，使得他终生对年轻的同行处于一种戒备和竞争的状态，这样离开弗洛伊德的弟子有阿德勒、荣格、费伦齐、阮克等，而荣格早年对飘忽不定的母亲的体验以及对于童年众多的神秘体验，导致他特别强调男性性格中的女性气质阿尼玛，也特别钟情于对自然、神秘现象以及对第三、第四人格的探索。可以说，两个男人为了潜意识走到了一起，又因为潜意识而各奔西东。

男人的爱如果以恋爱类比的话，弗洛伊德是记仇记恨的。1914年，荣格彻底退出国际精神分析协会（IPA），当年弗洛伊德写了一篇论文《论自恋》，从专业角度以荣格为原型加以描述，此后，他再没理会荣格。

荣格从抑郁状态走出来后，承认弗洛伊德在很多地方对他的影响。1939年，弗洛伊德逃离维也纳去伦敦前，荣格还托人问弗洛伊德是否需要他的帮助，弗洛伊德拒绝了。

这一拒绝，就是永别！

1939年9月3日，弗洛伊德在伦敦去世，寿83岁。

1961年6月6日，荣格在瑞士苏黎世去世，寿86岁。

有一种感觉

有一种感觉很幸福，

它却是你痛苦的来源；

有一种感觉很美丽，

它却使你觉得自己很丑陋；

有一种感觉你很想忘记，

它却无时无刻不在伴随着你；

有一种感觉你总想对人诉说，

它却一直深埋在你的心里；

有一种感觉你觉得很轻，

它在你心中却越来越重；

有一种感觉你试图不去在乎，

它却让你从男孩成为男人。

自恋的悲剧

1999年2月26日，英国广播公司金牌电视节目主持人吉尔·丹多被人在其住宅外直接用枪击中头部，两小时后香消玉殒。据查实，罪魁祸首——巴里·乔治是一名狂热的丹多迷，一个年届四十的失业者。

为什么对一个人的爱会变成将其射杀的恨？人们常说，爱极生恨，难道爱到极致时竟要以恨来表达吗？它们之间的关系是既孪生又相克的吗？除了阴阳、黑白、冷热对立外，还有相互存在、相互依赖的关系吗？此事发生之前，丹多曾在一个电视节目中向观众宣布了自己即将结婚的消息，她说"从未感到过如此快乐和幸福"。

人们注意到，在丹多遇害的前几个月，乔治就经常在丹多的住宅周围转悠。显然，一个自己深深迷恋的对象竟然还会爱着别人，而且她还竟然说"从未感到过如此快乐和幸福"，乔治不能容忍自己的幻想如肥皂泡般破碎。

"她必须为此付出代价！"乔治的内心对自己这样说，"她只属于我一个人，要是她死了，她就永远是一个人，永远不会与别人结婚了！"于是，爱的结果造成了悲剧的发生，当然，如果这算爱的话，那也是一种畸形的爱，它的目的是在为极端自恋的"我"服务，而非总是希望对方幸福。在很多情况下，爱的对象只是一面镜子、一种衬托——一个能映照、折射自己的华丽的中介。对此专门有一个名词来形容——自恋。

自恋（相当于汉语中"顾影自怜"的典故）来自一个美丽的古希腊神话：美少年那喀索斯丰姿极美，山林之女神爱轲（Echo，"回声"的意思）十分钟情于他，那喀索斯拒而不受，终使爱轲憔悴而死，死后形骸化去，只剩得一些山谷应时的回声，好比空谷传声，应答的依然是自己的声音。于是复仇女神涅墨西斯震怒，罚那喀索斯与泉水中自身的倒影恋爱。那喀索斯对倒影唏嘘，最后也不免憔悴而死，死后化为水仙花。心理学家借用这个词，用以描述一个人爱上自己的现象。

人在不能独立的一岁以内，经常感到饥饿及孤独无助的恐惧，为了壮自己的胆，安慰自己，于是便开始吸吮自己的手指或者沉浸在幻想之中（婴儿也有他们的梦与幻想），如果不将注意力转向外界（开始是爸爸、妈妈及周围的亲人，以后则为社会性的人际关系），会很容易形成自闭，儿童孤独症或其他心理障碍在此时就埋下了种子。亲附关系理论表明，一个不关心孩子的母亲经常使孩子体验到分离、失望与无助，孩子也会以其母亲对他的态度应对外在世界（实际上是他内心世界）的人，他会显得冷漠，无法体会与人交往时情感交流的方式。通过对来自孤儿院儿童成长的随访观察，均证实了上述理论。

并非所有自恋都是病态的。在自恋阶段，有些习惯可持续到成年，很难改掉，在一些特定的情况下，它甚至可以发出耀眼的光芒。如在二战期间，丘吉尔手做"V"状，口衔雪茄，给人一副永不落败的感觉。在丘吉尔的童年时期，他就经常幻想自己不会死去，这种婴儿式的想象加上口衔雪茄的"固着"（这种男性阳刚的标志不过类似于婴儿吸吮什么东西以安慰、鼓励自己），对当时盟军的士气起了极大的鼓舞作用。人们相信，跟着这样一个不死的人是会胜利的。而在心理学家看来，是丘吉尔的自恋使得人们保持了希望并最终获得了胜利；反过来说，也正是这种胜利支撑了政治人物的自恋。弗洛姆在《人类的破坏性剖析》中对此有精辟的描述：

　　政治领袖里，高度的自恋往往是普遍现象。我们可以说这是一种职业病，或者说是职业资本，那些必须靠影响大众来获取权力的人尤其如此。一个领袖如果自信有特异才能，自信有伟大使命，就比较容易赢得一般人的信赖，因为一般人会被这种表现出绝对信心的人所吸引。但是，自恋的领袖并不只是为了赢取政治上的成功才运用他这种自恋性的魅力，而是为了他的精神能够平衡。他需要成功与别人的喝彩。他的自我伟大的观念和永不错误的信念，基本上是以他自恋的浮夸为基础，而不是他以一个人类的身份所得到的真正成就为基础。然而他又不能不要这种自恋性的自我膨胀，因为他的人性核心不十分成熟。极端自恋的人几乎非得成名不可，不然他会抑郁不已，会发疯。但要成名却必须有相当的才能和相当的机遇——

一个不关心孩子的母亲会经常使孩子体验到分离、失望与无助，孩子也会以其母亲对他的态度应对外在世界，他会显得冷漠，无法体会与人交往时情感交流的方式。

因为只有这样才能博得别人的喝彩，而喝彩会满足他的自恋性梦想。这样的人，即使已经成功，还是不得不追求更多的成功，因为如果他们失败，就会面临崩溃的危险。可以说，别人的喝彩是他们的自我疗法，这让他们逃脱沮丧和疯狂。表面上看起来，他们在为追求目标而战斗，实际上却为自己不至于疯狂而战斗。

在衡量自恋时，人们往往与利他主义对比来谈。正常情况下，每个人或多或少都有自恋情结，其程度为俗语中所讲的"利己不损人"。美国《精神疾病诊断与统计手册》中将病理性的自恋做了如下定义：

需要赞美的、表现在幻想上和行为上的弥漫性"无所不能"，缺乏共情，常始于幼年，并一直持续到目前，且符合以下5条或更多的标准：

1.夸大成就和天赋，在没有相应的成就下，期待被看作是最优秀的；

2.被无限制的成功、权力、才气、美丽或理想爱情的幻想所迷惑；

3.相信自己是特别的和唯一的，并相信自己仅能被其他同样特别的或高地位的人理解，或应该被联想到与上述的人为一类；

4.要求过度的赞美；

5.有特权感，比如，无由地期待特殊的、好的对待或他人对自己的期待自动的顺从；

6.攫取他人的利益，以达到自己的目的；

7.缺乏共情的能力，无欲望去认识或认同其他人的情感和需要；

8.常常嫉妒他人或相信其他人嫉妒自己；

9.表现出一种高傲自大的行为或态度。

由于缺乏共情，自恋者丝毫不会考虑他人的想法，而将自己的意愿以"一厢情愿"的方式折射到他人身上。由于相信自己才是唯一的，因而，自己的愿望应该马上完全能够得以满足，别人的想法应该超不出自己的想象之中。如一个病人在偶然看到他的治疗师也会站在马路边吃早点时，在后来的治疗中他抱怨道："我万万没想到您作为一个从国外回来的留学人士，竟也会和那些平民一样在马路边吃饭！您应该是在西餐厅中听着优雅的音乐，拿着刀叉，蘸着黄油吃面包。"这类人看人的标准在于是否符合自己的想象，因此，在现实中表现出与自己的想法存在着差距的情况时，病理性自恋者会逃避现实，远离人群和社会，或者为内心的"自恋形象"做出出格的行为，如有的连环杀手在杀人后说自己是上帝派来结束这些人的痛苦的，或者无所谓地说自己不过开了一个未办营业许可证的殡仪馆。其实，在生活中我们常见到有类似人格特征的人，如演员或艺术工作者，他们有高智商和漂亮的外貌，有较好的工作能力和社会适应能力，在公众场所中有较好的人格评价，但这并不妨碍他们对赞美成瘾。这也许是职业所然，或者应该说是他们的人格促使他们选择了职业。健康的自恋可以使人充满信心并勇气十足地去完成事业，不过，由于自恋会导致对别人感受的忽视，所以在发展亲密关系中有时很容易出现问题。病理性的自恋总是以严重的人际关系障碍为代价。

　　自恋让人沉醉，有的自恋不仅无妨，而且衍生出动人的故事：那喀索斯因迷恋自己的形象憔悴而死，同时，还可以有完美的"为伊消得人憔悴，衣带渐宽终不悔"的境界。病态的自恋则将对自己欲望的追求建立在对别人价值、自尊蔑视的基础之上，而且他们并不觉得自己需要治疗。

　　心理治疗对此类病人需要花费相当大的力气，弗洛伊德当年甚至推断：自恋者由于移情较难产生，所以无法治疗。现在，人们已经知道，病理性的自恋患者需要并可以通过心理治疗的方法进一步适应社会。

尖叫·吼叫·男人乎·女人乎

人们常形容这个世界是男人的世界，对于男孩的教育是"男儿有泪不轻弹""男儿当自强""绅士风度"等，似乎女性是被认可的弱者，她们理所当然具有享受社会良好服务的优先权。男人如果哭泣或尖叫，则被轻蔑地称为"像娘儿们样"作态。

另一类说法为：男人控制世界，女人控制男人，这样看来，女人是弱者，而男人则有点弱智。

实际上，发展心理学中有些证据并不利于男性：

1.女性的平均寿命比男性高；

2.男性自杀成功率比女性高；

3.男性早年在认知方面的发育显得比女性迟钝（如语言能力及社交能力）。

尖叫给人的印象不仅仅是恐惧，还有意外和惊喜的成分，比如许多追星族在见到自己心仪已久的歌星时或听到他们所唱的歌时也会发出尖叫。男女因恐怖发出的尖叫在诱因上有着很大的差别，一个女人可以在街上见到一只死老鼠发出尖叫，甚至发现身上爬了一只蚂蚁时也可以发出尖叫。如果一个女人尖叫，那是她的权利，甚至引起人们怜香惜玉的感觉，男性会自豪地挺身而出；如果一个男人尖叫，那就是作态，要不然就是所经历的事情真的很恐怖。我的一个大学同学，毕业后被分配到解剖实验室工作，刚参加工作的他非常刻苦，每天晚上将自己一个人关在泡有尸体标本的实验室里面苦读专业。对着人体标本，他自己说像见老朋友一样自然。一天夜里，另一个同学去找他，蹑手蹑脚地走到他身后，用力将他的脖子卡住，发出"鬼"般的叫声，这同学手上的"老朋友"（标本）被他扔到空中，那叫声已经不是尖叫了，说惨叫可能更合适。

每个婴儿或幼儿也会尖叫。在这个阶段，人们并未做男女之别，显然，在人们的心里，孩子是有资格害怕、兴奋并尖叫的。考察婴儿的哭声会发现有温柔的哭声、委屈的哭声、声嘶力竭的哭声和无奈的哭声等。婴儿带有尖叫的哭声往往是极度焦虑的表现，这尤其表现在遭到虐待和倘若男性能够保留一些女性气质（如细腻、体贴、善于表达情感），则更利于其人格的全面发展。对于女孩来说也如此，保留一些男性气质，对女性人格的完整也有好处（如果断、勇敢、坚强、大方等）。

极度不适时，比如母亲长时间离开，陌生人不正确的玩逗方式等，虽然生病时孩子也哭闹得很厉害，但在严重的情况下婴儿反而不太哭了。在极度失望的情形下，婴儿会丧失表达能力，不仅仅不哭，进食也会减少甚至拒食。另外，我们常可听出孩子在玩得高兴或见到亲人（母亲）走近时发出兴奋的尖叫。所以说，尖叫一类的信号一方面可以是示弱的表现，如警示危险、需要帮助；另一方面，它也具有竞争的含义，如注意我、与我玩、我现在很高兴。因此它对健康的生存具有重要的意义。

从什么时候起，人们就开始将尖叫当成女人的特权了呢？男孩的心理发育在3岁以后就趋向向父亲认同（女孩则向母亲认同），这受到了社会环境的支持，对减少男孩对母亲的依赖，今后更好地适应社会有很大的帮助。不过，埃里克森认为，倘若男性能够保留一些女性气质（如细腻、体贴、善于表达情感），则更利于其人格的全面发展。对于女孩来说也如此，保留一些男性气质，对女性人格的完整也有好处（如果断、勇敢、坚强、大方等）。

男性的女性气质并不只表现在是否尖叫上，他们还有其他的表达方式，如李煜的伤感可以亡国，但也留下了十分婉约的诗词，在《菩萨蛮》里，他写道：

> 花明月暗笼轻雾，今宵好向郎边去。
>
> 刬袜步香阶，手提金缕鞋。
>
> 画堂南畔见，一向偎人颤。
>
> 奴为出来难，教君恣意怜。

一个青年女性约会的心情被一个大男人写得活灵活现，权倾一国的君王做不好反映象征男性权力的国家大事，却谙熟女性心理，似乎其男性特征过弱了一些。另一个写出同样浓情词句的诗人苏轼所写的词虽十分深情，却不乏男人气质，他在凭吊其去世的妻子和追忆自己的政治生涯时写出《江城子》：

十年生死两茫茫，不思量，自难忘。

千里孤坟，无处话凄凉。

纵使相逢应不识，尘满面，鬓如霜。

夜来幽梦忽还乡。小轩窗，正梳妆。

相顾无言，惟有泪千行。

料得年年肠断处：明月夜，短松冈。

另外一个很有意思的现象为男性的职业选择问题。比如女性在家中做饭的居多，而真正的饭馆中的大厨师则多为男性；幼儿园的幼师虽然以女性为主，但观察儿童心理的大师则是以男性为主（虽然也不乏女性儿童观察家），如温尼科特、比昂、斯皮茨，正是他们提出了一些非常重要的概念，如容器、容纳和过渡性客体关系等。值得提出的是，那些不会、不屑于尖叫的男性，那些选择的职业极具男性特征的男性，如警察、极限运动员等，并不说明这些人比其他人更男性化，相反，也许说明他们内心的男性化还不够，以至于需要用职业来做终身代偿。

倘若不这样，则很多既不会尖叫，又不会写诗，也没有找到职业代偿的男性可能会发展为身心疾病，如长期头痛、腰背疼痛或胃痛。

现代的卡拉OK为男性提供了另外一种喊叫的形式。

有时，在一些少数民族地区，在三峡岸边的一些村子里听当地男人唱出带有尖叫的腔调，能够激发你内心的冲动，那种原始的、纯粹的、不带色欲的表达，是真正的天籁，可能属于杰克·伦敦小说中的野性呼唤有关的声音吧。

傻子的快乐

　　要说天下最快乐的人是谁，人们一定会公认不是富人。有人曾将世界首富和街头流浪汉的快乐做比较，发现流浪汉的快乐并不比巨贾差。这似乎与马斯洛的五大需求呈等级排列有悖，马斯洛的需求理论认为：首当其冲的生存需求是食物，其后才是安全、人际交往、被尊重和自我价值的实现，一旦受到饥荒的影响，位于高层次的需求均会退位于最原始、最基本的存活需求。这似乎足以对饿殍遍野时出现易子而食的现象做出解释，然而在解释"不为五斗米折腰"时却遇到了麻烦。

　　现代医学曾对病人的生活满意度做出过各种各样的设定，如肢体瘫痪的影响与家属对病人照顾的程度等，最后的结论为：生活质量还是以病人自我感觉为准，即病人自己对生活的满意程度不一定与肢体功能的障碍程度或外界的不利因素成正比。借用范仲淹的话：不以物喜，不以己悲。这种忘我除了修炼禅宗者能部分达到外（其修炼之心仍是不能忘我的表现），痴呆患者应是最有说服力的"忘我"者。

在电影《活着》中，二喜是一个腿有残疾的工人，在艰苦岁月中将善良、坚忍不拔和对生活的热爱表现得淋漓尽致；在电影《洗澡》中，刘二明是一名智力障碍者，在物欲横流的商品社会中，他视社会惯有的价值观为无物，仅凭内心的直观感受来衡量好坏、善恶，想悲时悲，想喜时喜。所以他在干澡堂肮脏、繁重的清洗工作时可以快乐地大笑，在别人视帕瓦罗蒂为噪声而加以干涉时，他可以将人揪住表达自己的不满。他总是乐呵呵地笑，使得他的哥哥对其与父亲之间亲密的关系深感嫉妒。我们曾将孩子的想法视为天真、幼稚，心理学上则称其为"初级思维"。当我们逐渐变得成熟、复杂起来的时候，我们的痛苦也在增加，当嫉妒对我们内心的折磨像听到沙子摩擦玻璃发出的声音那般难受时，我们已经不再能画出儿时能表现想象的图画了。

在国外曾经历的一次放松性心理治疗中，学员们被要求对人连续说5分钟的"不"，当我翕动嘴唇时，我十分难当我们逐渐变得成熟、复杂起来的时候，我们的痛苦也在增加。

为情，对一个素不相识的人说哪怕是一个"不"字真难呀。完成这个作业后，老师解释说，人类在咿呀学语时，最先表达的就是"不"，我们现在不轻易说"不"，是以压抑了许多真实情感作为代价的。从这一点来看，我们难道不应该对智力障碍者的率真报以感动和钦佩吗？

享受痛苦

心理治疗时曾对患者讲"享受痛苦"的话，曰痛苦是人生中不可或缺的内容，既然不能避免，也就只好接受。很多患者对此的评价为类似他们的父母或领导，鲜能奏效。

我的患者几乎全因不同的痛苦来我处求诊——或躯体或心理或精神上的。多数人并不完全明白上述概念之间的区别，比如躯体的痛苦：头痛、胃痛或腰腿痛等。多数患者有着多年的病史，反复求诊而不见显效，来我处仍将希望寄托在药物治疗的基础上，他们并不知道他们实际上属于"享受痛苦"的患者，果然有一天真的把疼痛去除掉了，这些患者可能会发疯！

何出此言？医生治病救人，乃其天职，岂有医生治好了患者躯体的疾病，患者反而会在精神上陷入万劫不复？

我们人类是如何感受自己的躯体的呢？倘若确诊一个患者的腹痛是由阑尾炎所致，那么，毫无疑问，阑尾切除手术是根治之必要。不过我们发现，很多有着慢性疼痛的患者并无实质性的病变，他们在用"躯体"表达情感。这种方式并不陌生，前不久我在德国弗莱堡的朋友家暂居时就发现大家或许并不陌生的情景。

朋友家有两个儿子，小儿子麦克3岁，小时候有相当长的一段时间在中国生活，不能与父母在一起，经常生病（小孩不能用语言表达他们对父母的思念，也许生病是最好的表达不满的方式），当其父母把他接回弗莱堡后，麦克的身体逐渐变得健康，他喜欢用躯体与亲人表达情感，如喜欢贴着奶奶或母亲。他不忌讳直言自己的爱憎，如抱着父母说：我最爱你！我只爱你！一天，麦克的口腔因病毒感染在舌根部有些溃疡，吃东西时感到很痛，每当疼痛发作的时候，他就咿咿呀呀地开始叫唤，母亲在他身边抚慰一阵很快就可以让其安静。麦克不喜欢上幼儿园，尤其在他生病的时候。这天早上，当母亲要送他上幼儿园时，麦克躺在地上开始咿咿呀呀地叫唤起来，大家以为麦克的口腔又开始疼痛，急着去安抚他，只听他口中很有韵律地咿呀叫唤着，但不如平常那么快终止，而是像细细流淌的溪水一样连绵不绝，其间还有转折和起伏，仔细听时却分辨出麦克在讲话：我……嗯嗯……不去幼儿园……嗯嗯……大家噗地全笑了，母亲连说，好，那妈妈在家陪你，不去幼儿园！这句话就像水龙头拧紧般地有效，麦克立即终止了叫唤。其实，他那时的口腔溃疡并未好，可见，精神的痛苦更甚于躯体的痛苦。有多少个麦克样的孩子并没有机会获得大人的理解，那他们成人后很有可能发展为以疼痛（口腔、咽部等）为主的症状，在疼痛中获得关爱。

能够说这不是"享受痛苦"吗？躯体的痛苦甚至可以带来精神上的愉悦。

心理上的痛苦可以用不同的方法来化解，但有时并不那么容易。临床经验表明，有心理问题的病人，有1/3可以通过心理治疗彻底治愈；有1/3用心理治疗的方法不能奏效，这类病人可能会转向其他方法，如药物治疗或将注意力转移到工作上去，他们绝对不会认为自己在享受痛苦，这类病人往往是医生的杀手；然而，我们发现，还有1/3的病人可以和症状——痛苦和平共处，他们视忍受痛苦为人生的必然，因而抱着坦然的态度去接受它，他们不需要看心理医生，倒是心理医生会扪心自问：他们是怎样达到这我们发现，很多有着慢性疼痛的病人并无实质性的病变，他们在用"躯体"表达情感，这种方式并不陌生。

种平衡的？

精神病人在精神上是胜利者，能够将痛苦表达到极致（以至于不得不将其收住医院）。他们在躯体上也同样是胜利者。上海精神卫生中心的一名资深专家曾经告诉我，说他从医四十余载，发现一个现象，那就是精神病患者虽然在疾病的病程上呈慢性化的趋势，但往往就是这些患者很少受肿瘤等疾病的困扰，甚至很少感冒，因此他们可以活很长时间。对他们而言，甚至不存在痛苦的概念。

病人的出路

一个人生病了，按惯常的思路，这不是一件好事，因为这代表着不能继续参加工作，意味着丧失部分正常功能，甚至意味着被人瞧不起……但在发生上述过程的同时，还会出现意料不到的相反的可能性，如长期劳累的人在不得不退休后反而感到轻松（以前他们认为其生活的唯一选择为像牛一样地工作），部分功能的丧失却激发了机体其他功能的超常发挥（如盲人的听觉特别灵敏，一些智力低下的儿童有着超常的绘画或数字才能），或者通过生病，一些在平时的奢望变成了现实：子女的看望、恋人关系的恢复或同事的关心。

继发性获益与原发性获益：是出现在疾病之后的一些继发性结果。如果是在病人潜意识中所期待的，还是属于"继发性获益"的范畴，表面看来，在病人的意识层面并未希冀通过疾病得到好处，因此他们对自己得病感到突然或感到担心。不过，我们完全可以理解，在某种意义上潜意识已经感觉到这种获益的期望已经强烈到必须生病的程度了，但这还不同于另外一种情形，那就是前述的第一种情况。那些人习惯了忙碌的生活，如果不能像牛一样地劳作，那就让心脏在碌碌无为中停止跳动。作为妥协，生病可能是他们潜意识中不得不做出的唯一选择，这与期望获益无关，而与自我惩罚有密切的关联，这就是我们所说的原发性获益。

三级代偿与继发性伤害：生病后出现的超常功能的获得，这首先是机体三级代偿的结果，即用另一个器官的功能来部分替代原器官的功能。盲人的听力变得敏锐，是因为他们需要利用这种敏锐，使自己在黑暗世界中尽量少受伤害。一些儿童超常功能的开发对正常人是一种有益的启发，即由于无须对复杂的人际关系加以适应，于是注意力可以集中在某个大脑功能区的开发上，但这不是每个这样的个体的发育结果，反而这类残疾人被社会（甚至是他们的父母）进一步利用（而非自己所预料），并被社会所强化，这往往导致了继发性伤害的发生。

我们所指防御机制中的升华，是指人们在自愿的情形下将内心冲突以社会认可的方式加以表达，如雕塑家可能源于其幼时玩泥巴乱糊墙被惩罚而找到的出路；警察可能源于需要超越幼时对之（或对其他弟兄）滥用暴力的父亲的动机；外科医生可能源于幼时的一次无助的手术经历等。最典型的案例为纽约的一名消防队员的升华之动机源于目睹火灾，所以每次他自己偷偷放火，然后再去救火，如同家里父母争吵，幼年不能劝阻的他，而今有能力"扑灭"这争吵之火了。

我们不能将残疾人的三级代偿看作"升华"，这是因为：其一，它与行使现实功能有关（盲人倘若耳朵不变得灵敏，他们就容易摔跤），而非与内心冲突的解决有关（外科医生若不去当外科医生，就不能合理地修复幼年时被手术的体验，他有可能去杀人）；其二，残疾人的自我功能形成与自卑和自我价值形成有紧密的关系，这涉及更早期的防御机制，如原始理想化、分裂或利他等，倘若其社会功能发展良好，则无须将代偿与某个防御机制联系起来（如残疾人特别自卑或非常利他等），若其社会功能不好，则在考虑其防御机制的时候需要与其残疾状况做联结（特别是应该在较低的层面加以考虑，而非高的防御机制层面）。值得考虑的是，残疾人的家属可能会利用残疾人的三级代偿去弥补自己的内疚，然后以伪装的升华方式出现，这就是继发性伤害的由来。

原发性获益的内在意义：对这类人来讲，生活如一条行驶在狭窄运河中的大船，预想它只能沿着这条运河行走，不能回头，不能停止，直至抵达目的地。一天，它突然搁浅了，船上的人必须下船，很多人并不认为在陆地上行走是件困难的事，也许有些晕船的人反而感到欢喜，但船长认为他必须留在船上，晃动的船体让他有如履平地的感觉，上岸反而导致他出现眩晕。在临床上，多数情况为，一旦离开原来的生活轨道，即便以前的生活是苛刻和残酷的，即便深感力不从心，仍可以由着惯性前行。而生活轨道的改变（比如变得不那么吃力）却让他们变得无法忍受。这些人在结束忙碌的工作后反而会陷入疾病的纠缠之中。

很多人认为自己之所以成为现在这样一个个体，是因为他们不认为个体还有其他存在的形式。如一个工作狂不会认为生活的闲散是对工作很好的补充，他们对即便是片刻的放松都会感到内疚和羞耻。他们的内心充满着这样的幻想：如果我不这样工作，我就不配获得这份工资，就对不起上司、对不起父母、对不起老师等。即便没有人这样要求他们，在他们的内心里，一种责备的、苛刻的、严厉的声音会时时刻刻在提醒着他们：工作，努力地工作，完美地工作！这些人对自己（以及对他人）的严厉程度往往超出了常规，以至于在单位被形容为"铁人"（女性则冠以"女强人"的称号）。

通常，人们认为，他们来自一个有着不近人情的父亲的家庭。如果在一个家庭中，父亲非常优秀（高级领导、著名作家、科学家或企业家），与这种对象加以认同并非什么坏事，但也许这与父亲的成功程度并没有多大的关系。事实上，孩子并不十分清楚职业的尊卑与否，问题在于他们是如何在家庭中与父亲认同的（而非职业认同）。一个事业十分成功的父亲可能并不缺乏对孩子的宽容和温情，而一个在事业上十分糟糕的父亲则可能在家中表现得对妻儿很粗暴。这种认同的形象在精神分析中首

如果一个人生病了，按惯常的思路，这不是一件好事，但在发生上述过程的同时，还会出现意料不到的相反的可能性，如长期劳累的人在不得不退休后反而感觉不到轻松。

先是以"超我"的结构被描述。桑德乐说，超我产生于儿童早期冲突内化或其残留的发展过程，特别是当他们与父亲或其他具有权威意义的形象发生关系时，他们对之进行了认同。超我作为良知的载体部分，部分是潜意识的，但大部分超我及自我，包括所有的本我则是在意识之外发挥作用。除了一个弱小的父亲使孩子得不到很好的认同对象外，一个强大而苛刻的父亲也同样使孩子无所适从，潜意识里这类父亲的竞争感太强，以至于孩子永远无法被允许超过他们，虽然他们表面上说要让孩子超过自己。强大而坚实的父亲形象应该被比喻为巨人的肩膀，你踏着往上时还会感受到来自胳膊的托举和支撑，你的双脚会感到高低不平，但同时也感到踏实、安全。

另外，孩子是否能够成为独立的个体，还与母亲是否允许孩子从自己的怀抱中脱离出去的倾向有关。弗洛伊德形容父亲介入母子关系的过程为俄狄浦斯冲突。其实，没有第三者的介入，一个躲在或被呵护在母亲怀抱中不被放任自由的孩子，永远没有可能独立去做任何事情。从这个意义上来讲，父亲的介入，带来了孩子与母亲分离的痛苦，但孩子也在学会忍受这种痛苦的同时学会了分享。有一句话这样说：幸福被分享时就变成成倍的幸福，而痛苦被分享时则减半。

出路：当个体不能忍受分离、不能分享占有的客体对象时，他如何去适应这个社会呢？

在精神上，他将是一个永远的孤独者、抑郁症病人，他可能会经常感到焦虑、惶恐不已，这是连焦虑的真正原因都不清楚的焦虑。或许发展出一些症状（洗手、找钥匙、关煤气阀、打扫卫生或反复数钞票），在不允许他们的想法（独自占有，不允许分离）浮出意识层面的情况下，这些症状倒成了他们能够保证一定社会功能的挡箭牌。设想一下，倘若没有这些症状，这些病人一天都活不下去，所以症状反而变成了一种适应的方式——尽管不是最佳方式。

在躯体上，他们将保留一些早期阶段的痕迹，如非常早的时期缺乏安全感的经历可能导致严重的摄食障碍（神经性厌食症、神经性贪食症），控制大小便时期的问题在成人可表现为腹泻或便秘，这些病人将在精神上以抑郁情绪笼罩着全部生活。

如果不能变成父母，那么变成他们症状的一部分也未尝不可。这样，有早年经历丧失因中风去世的父亲的儿子可能会在类似的年龄得心脏神经症，或母亲有肿瘤病史而去世的经历者会怀疑自己得了不治之症。甚至，因母亲连续生了许多女儿，要儿子未果的家庭里，小女儿会患心因性不孕症。

还有的情形为真正的眼不见，心不烦。如看见自己无法接受的事实发生遗忘（屏蔽记忆或分离状态），或者心因性失明，或因控制自己想打人的冲动而出现的手臂麻木、书写痉挛等。

原发性疾病获益因为病人并不知情，在此前，他们认为世界上只有这种方法最好。常有病人对治疗师一句平常的话恍然大悟、如释重负：喔，原来我这样说你（治疗师）并不生气！原来，大家都有这样的想法！

这样，对于原发性疾病获益者来讲，当动机前提发生改变时，结果就会随之改变，只是这种改变要持续相当长的时间。反之，继发性获益在某种意义上部分上升到了意识的层面，因此其动机很难改变。这也在相当程度上说明了为何许多康复科慢性病人，让治疗师花费精力大，而病人不满意、恢复效果不佳的原因。

出路除了病人选择的无法讲述的防御机制外，还有很重要的一条：为之定义，并表述出来。而这是心理治疗师和很多医生均能够做到的。

治疗师的阻抗

阻抗是弗洛伊德用来描述对抗治疗的力量，是作为一个临床概念，出现于弗洛伊德早期对其癔症患者"遗忘"的记忆进行探究的论著中。在精神分析产生自由联想技术以前，当弗洛伊德还只是使用催眠和"压力"技巧时，阻抗被认为是病人抵抗医生对其施加影响的一种手段。在治疗情景中，弗洛伊德将这些抵抗的意想视为对同一力量的反馈，它使得病人痛苦的记忆与意识相分离（压抑）并保持之。他论述道："就是这个精神力量……最初将致病的思想赶出自由联想之外，而现在抵抗它们再回到记忆中。癔症患者的'不知道'实际上是'不想去知道'。这个'不想'可以或多或少地意识到。因此，治疗师的任务就是穿过阻抗，进入自由联想。"（弗洛伊德，1895）

德国的一个心理治疗师阿尔夫·葛拉赫讲过，精神分析的实质就是处理移情与阻抗。作为治疗师，每当我们在治疗中感到不顺时，就会想到阻抗，如迟到、延期付费、无节制地赞美或诋毁治疗过程或治疗师等，甚至包括治疗进展太顺，我们都会考虑是否出现了阻抗，比如治疗师希望听到病人讲梦，病人在以后的治疗中只呈现梦。

但在这儿，通常会将阻抗认为是来自病人一方，对治疗进程有阻碍的因素。1912年，针对接受精神分析病人阻抗的来源，弗洛伊德认为，应将之主要区分为移情阻抗和压抑阻抗。作为病人本身的心理结构，后者就是对抗意识到的痛苦或危险的冲动或记忆。在移情阻抗可以消失，甚至被移情性依恋（它加强了治疗依赖性）所替代时，压抑阻抗可认为是一种一直都存在的（尽管具有波动性）内部力量，它妨碍着治疗目的实施。

实际的治疗中，来自治疗师的阻抗也值得考虑，它同样是影响治疗成功的一大因素。

有一个治疗时程长达3年之久的女性病人，最初的症状为学习时注意力不集中，人际关系不佳，学习成绩不好，因而导致家庭内关系紧张。治疗中发现病人有严重的早期创伤经历，家庭和社会资源匮乏，人际关系界限不清，甚至不能区分现实和内心世界的差别（但又非精神病人）。

该病人的智力不仅不差，甚至可以说超常，在初中以前她的成绩在班上名列前茅，成绩的下降随着她症状的凸现而无可挽回地跌至谷底。每当受到来自过去创伤记忆的影响或受到情感低耐受性的影响时，她就表现得像一个少不更事的孩子：既无视社会的游戏规则，更表现得如一个低能儿——完全没有基本的理解力。

在我的治疗室中，她最开始给我的印象是个怯生生的小女孩。无助，完全需要外人的帮助。因此，我对她的照顾——就像她需要的那样——是父母式的。渐渐地，我感到，她的需要越来越多，要求、愿望越来越强烈且与现实不合。如她说，你当我哥哥吧，你治疗完后是否可以陪我去逛街，你是否可以和我一起去买菜，一起回家做饭吃？开始，这种要求还只在她的梦中表现出来，之后，她就赤裸裸地表示，她希望

病人的最大愿望不是成为治疗师的爱人就是成为治疗师。

和治疗师形成恋爱关系。为此，她嫉妒和仇恨治疗师身边的所有人：病人、学生、工作人员、家人，开始是女性，后来也包括男性。当治疗师表示要结束治疗关系时，她退而求其次地想象：过去的帝王将相多好，他们可以后宫三千；旧社会多好，男人可以三妻四妾。我哪一点不好？也不争什么名分，为什么不要我？

治疗师在这种偏离治疗目标（处理创伤、建立界限、增强自我功能）的气氛中感到病人对治疗师的移情从父亲、哥哥向恋人、情人、丈夫的方向的转换，并感到强烈的被控制和被卷入感，因而将这种对治疗的阻抗视为一种无法医治的色情性移情而提出转诊，治疗态度也从处理移情反应转到讨论转诊，进而愤怒拒绝和病人讨论有关爱情的话题。

在经历了3年多的治疗后，病人已经恢复了工作，仍时有情绪不稳定地发作，仍会谈到她对治疗师的爱，她一直在做当心理医生的准备，参加各种心理学的学习，因为这样她就有机会当治疗师的学生了，就可以堂而皇之地接近治疗师并可能保持亲密关系了。

最近的半年治疗中，治疗师经常在治疗过程中沉默，这引起了病人的不满。她常常在治疗中指责治疗师不如刚

开始治疗那样对她关心，指责治疗师不试图去真正理解
她。病人又出现以前一样的症状，反复地说自己要离开治
疗师（此前已经单方终止过治疗两次）。而且，她还出现
选择性遗忘的症状：她感兴趣的话题、治疗师未满足她愿
望的情景，她记得一清二楚；而治疗师在治疗时与她讨论
的话题，她基本全部忘记。有时在治疗的过程中她出现头
痛、走神。

每次，只要治疗师觉得她的讨论话题与爱治疗师有
关，与想和治疗师保持密切关系有关，就感到厌烦。此时
治疗师或者沉默，或者提醒她——谈论她自己的事情，而
不是讨论治疗师的事情；谈论她的问题，而非她的将来。
治疗师常以拒绝的态度去对待该病人想讨论学心理学的倾
向。从专业的角度考虑这是病人阻抗的表现。

有半年的时间，治疗师一直将治疗重点放在处理终
止治疗的分离反应的话题上，病人也多次提到，她这次离
开治疗师就不再回来。而治疗师说，好的治疗是可以一辈
子留在病人的心里的，她也可在今后需要帮助时短期回来
治疗。

在后期的治疗中，以往反复多次的情景再次出现，病
人再次提起要当学生，与治疗师保持亲密关系的话题，而

且她又开始强调以前的治疗多么好。这次，治疗师未感到不适，开始与她讨论为何现在可以谈论这个以前十分敏感的话题。病人沉默了半晌，说："我突然明白了，其实，我们真正需要讨论的不是分离，我可以另外找一个像你一样负责的治疗师，但找不到你这个人，我已经从将你当我的父亲、哥哥、恋人、情人的角色转换到师生关系，我从真正想这样到控制自己停留在想象层面，从不敢说到敢于表达，而你一直拒绝谈论这种感情，用了冷漠、拒绝和讨论其他话题来回避，所以我对治疗感到不满意。"

我突然明白，以前我所有关于病人阻抗的解释均来自自己对病人移情的阻抗。作为心理治疗师，每天要处理的就是与爱和恨有关的事，但谈爱对病人来说不容易，对治疗师来讲也不容易。由于病人早年缺乏爱，因此，找到爱的对象（以移情的方式、以治疗师为对象）后，就会表现为原始、无节制、零距离和带有吞噬性的对爱的渴望。由于缺乏界限，病人很容易将自己的情感投射在治疗师身上，并希望治疗师也有同样的感觉，因此病人很容易受到挫败，并在极短的时间内由赞美、理想化转换到不满和魔鬼化。治疗师受到这种爱——爱情、父母、兄弟、姐妹、妻子、情人不分的情感的影响，特别是受到被吞噬、被控

制的影响，去忙于处理自己被卷入的情感（投射认同），
而偏离治疗的初衷。格罗夫及格林逊说得好：

"精神分析师采用错误的程序和不恰当的技术方式
将引起阻抗。如果医生和病人都认识到和承认产生阻抗的
原因，在治疗期间这些阻抗可能被解决。如果上述情况没
有发生，这些阻抗可能导致治疗的失败或在虚假的基础上
继续。"

其实，病人后来的表达中已经显示出治疗的效果，即
有礼有节的界限和对界限清晰的表达。这也可以通过治疗
师在后来涉及此话题并不感到十分敏感的反应来证明。一
个著名的治疗师说过，病人的最大愿望不是成为治疗师的
爱人就是成为治疗师，实现前一个愿望既不符合现实，也
不符合专业要求（有些治疗师自以为迎合、满足了病人的
要求，就可以实现治疗目标，有些甚至为了满足自己的欲
望，利用病人的症状。这不仅违背了行规，也再次给病人
造成了伤害）；而实现后一个愿望则是对个人、社会都可
以接受的升华。很多经验表明，一旦病人获得足够强的自
我功能，就会摆脱对治疗师的依赖，具有更大的独立性，
虽然他们可能对治疗师本人——作为一种重要的客体——
仍会有感情，可作为普通人，在经历了长时间的亲密关系

后，谁没有这样的情感呢？

显然，来自治疗师的阻抗为拒绝对来自病人情感的接纳，即便病人已经能够界定情感的界限。分离虽然是治疗末期一定要面对的话题，可是在这个案例中，更需要面对的是对情感的接纳。

攻击自己的病症

这一天工作的开始，正是海棠台风肆虐南方的时候，武汉在持续数周炎热后开始降温，甚至阵发性的狂风已经开始登陆城区。办公室在开门时能够感受到对门吹过来的强风。我关上门，习惯了在无窗双重门内的孤独：面对痛苦的人们，聆听他们的诉说，给予鼓励和指导，提出建议和解释，最重要的是给予支持、理解和接纳。

心理治疗师要习惯这样孤独地生活，才能保持内心的独立、宁静和清醒。

刘君，男性，26岁，身高1.82米，长相英俊，带外文水印的圆领衫、短球裤和耐克气垫鞋搭配得恰到好处。颈上戴一条很粗的项链，更增加了他的粗犷。刘君来诊的原因是心慌、胸闷、四肢发抖、不敢一个人睡觉。

他这样描述：我在一周前做了4个梦，前面的3个梦我已经不记得了，第4个梦我梦见自己遭到枪击，我猛地惊醒，一身大汗，心脏咚咚地跳，仿佛要跳出来似的。此后我就睡不着了。两天前，我又做了一个梦，梦见自己结婚了，可结婚的对象不是我现在的女友。

我问，你认识那个与你结婚的人吗？

出乎我意料的不是刘君回答认识，而是这个对象是一个与他交情不深的男同事。这让我马上联想到同性恋倾向。

人在发育过程中均有双性的倾向，埃里克森曾精辟地说过，女性性格中包含男性气质，便显得更加独立和果断，如中国人熟悉的王熙凤；男性性格中若包含一些女性气质，便变得更加慈爱和细腻，中国人如徐志摩，外国人如肖邦。这些人不仅未给人性别上的突兀感，反而因他们的性格而给人留下深刻的印象。

我还想起一例督导的案例，当一名学员讲到自己梦中出现治疗师和床的场景时，督导师提出要注意同性恋的问题。这位治疗师当时收获最大的是督导师在此时停了下来，问他是否能够就这一话题深入下去。这一敏感的话题可能是该治疗师治疗的羁绊，因为他从不接诊同性恋的案例，但自此他觉得自己向前进了一步，知道这是自己与父亲的关系问题所致，也知道作为治疗师在面临来访者敏感问题时的共情态度。

我开始问刘君他和父亲之间的关系。刘君说他父亲的工作具有很大的流动性，不经常在家，在家则对他管教很严，经常打他。最严厉的一次是他回家晚了，被关在黑屋里很长时间。父亲在妈妈面前也很凶。直到现在，他与父亲的交流仍十分有限。不过，父亲老了，倒变得和蔼可亲了，经常和妈妈一起散步，也注意关心他了。

"我对他是又爱又恨。"他说。

刘君是个公认的乖孩子，他幼时跟随父母连续换了3个小学、4个城市，最后考上重点高中和大学。在大学期间，父亲说谈恋爱会影响学习，所以他大学期间没有任何恋爱经历。毕业后工作不错，但自己不太喜欢，父亲就将其调到自己的工作系统。刘君不抽烟，很少喝酒，工作踏踏实实。两年前开始恋爱，准备明年结婚。

看来一帆风顺，我思忖着，刘君所描述的是一个"乖乖儿"的成长经历，既然这样顺利，那心脏问题对他有什么意义呢？

"您父亲身体怎样？"我问道。

刘君顿了一下，突然说道："啊，我想起来了，两个月前他患了严重的颈部疼痛，最后被诊断为淋巴炎，治疗后好转。可我的确担心了一把，从那以后，我对家人的身体状况就非常关心。"

这种关心似乎是母亲对孩子的关心，我这样联想到。于是我问："你母亲和你关系如何？"

刘君说："我母亲是非常随和的人，我自小就和她在一起，平素里她也最护着我。"

我注意到，今天是母亲陪着他来的，于是我请母亲进来。一个打扮朴素、有些腼腆的妇女走进来坐在儿子身边，关切的眼光从她进屋就未离开过儿子。我问她是否知道儿子发生了什么事。她还未开口就开始流泪，说这孩子自小就听话，一直由家人呵护着，怎么现在出现这样的事？她觉得很难受，担心儿子的身体不适进一步加重。儿子关切地看着母亲，递过去纸巾。我感到他们之间亲密的关系。

海灵格创建了家庭系统排列的家庭治疗方法，曾强调儿子离开母亲的重要性，他说：

"男孩在胎儿期和童年早期，主要是受母亲的影响。如果他不能突破这种影响，母亲的影响就会充斥着他的身心。他会深深感受到母亲的力量和重要性。在母亲的雌威下，他以后很可能成为一个感情骗子和调情高手，但他无法成长为一个珍惜女人并维持长久伴侣关系的男人，无法成为一个好的爸爸，也无力维持一段平等的男女关系。他必须放弃那最原始、最亲密的对母亲的依附关系，去接受父亲的影响。"

刘君已经成熟，只是，他还需要处理自己的成熟。

"在过去的时代，一个男孩离开母亲的过程是通过启蒙式的社会仪式完成的。在这些仪式之后，男孩走进了父亲的世界，不能再像小孩那样和妈妈住在一起。现在，传统文化中促进这个过程的仪式已经不知所终了，离开母亲的过程变得痛苦不堪而且困难重重。虽然说服兵役对于男孩离开母亲的影响而进入父亲的世界多少有些帮助，但对于现在的年轻男孩来说，仅仅是服兵役就让他们觉得无能为力、不知所措。"

男孩在胎儿期和童年早期，主要是受母亲的影响。如果他不能突破这种影响，母亲的影响就会充斥着他的心身。

刘君的情形是：缺少父亲的家庭和回家后对孩子苛刻的父亲，这导致了孩子离开母亲的困难。如果说，考上大学、参加工作、恋爱结婚是离开母亲的理由的话，还不如说，它们是一系列向父亲权威挑战的信号。因为旧的成人仪式（如独自到森林狩猎，杀死老虎、豹子）被新的社会仪式（高考、就业）等取代后，这些新的仪式就成为与父亲平起平坐甚至战胜父亲的象征。心脏神经官能症，就是一种在针对父亲攻击性不能表达的情况下，针对自己攻击的表现。

心脏神经官能症，是一种身体上的主观不适，较多发生于青年男性，表现为反复心慌、胸闷、濒死感，需要立即到医院处理，但反复检查又不能发现器质上的问题。病人常常表现为婴儿式的退缩，需要母亲般的呵护。所以多数有这些症状的人到医院接受护士的安慰和一些身体接触，如量血压、摸脉搏，症状很快就可以缓解。我见过一个病人，平时很凶，经常有一些小马仔围绕在身边，但同样有心脏神经官能症症状，因为害怕发作，干脆就在心脏病专科医院附近租了一间房子，以备发作时可以到医院获得治疗。所谓的治疗，就是到医院量血压、测脉搏，躺下来休息，有人陪着讲话——典型的母亲般的照顾，症状就可以很快缓解。

墨尔腾斯曾对此有过描述，即缺乏男性气质的男性为了弥补自己的男性成分，不是把自己变得无比强壮（如练肌肉、练武术、从事极限运动等），就是在成功在即时出现焦虑症状，如心脏神经官能症。因为男性气质首先就意味着对父亲的超越——成为独立的、在内心可能是"杀死父亲"的个体。

回到刘君的梦，他的第一个梦反映了他自己遭受惩罚的过程，最后被"枪击"，可以视为"阉割焦虑"的典型梦境。而第二个梦，结婚的对象是同单位一个不太熟识的男性，这可以用刘君提供的其他资料补充说明他的自责和内疚感（想象中对父亲攻击性）：

1.刘君放弃了收入优厚的IT行业，被父亲安排到他可以控制的单位工作，意味着被控制、臣服，而梦中不太熟识的同事的意象是否像父亲？

2.刘君恋爱两年，准备明年结婚。他在此前从未恋爱，在和女友同居时，他非常担心她怀孕（他是否做好了当丈夫、当父亲的准备）。

需要说明的是，发生在刘君身上的症状均是在他内心潜意识引导下进行的意识层面，他喜欢踢足球、在同事面前出其不意地讲粗话和偶尔酗酒。

刘君已经成熟，只是他还需要处理自己的成熟。

维瑞耶的一首《22岁给父亲的诗》可作为此文的结尾：

> 父亲，我想叫你一声
>
> 爸
>
> 这么多年了
>
> 都没有叫过
>
> 你老了　牙齿落下来
>
> 走在傍晚的霜鬓里
>
> 涕泪横流
>
> ……
>
> 我们面面相觑地看着对方
>
> 静候着
>
> 是命运这个叛徒
>
> 第一个撑不住
>
> 倒在告别的荒草垛
>
> 放声痛哭
>
> 我把血还给你

我把骨头还给你

死亡——那没有盖戳的凭票

至此被我尖笑的双手狠命握住

……

在云际线的金边里

你是铁塔的一部分

从没有死——向阳坡里的祖先

我把骨头还给你

我把血还给你

然后灯火安静

黑暗正中央万籁俱寂

又一年的水龙头上挂满了冰川

雪花下降的同时我得到姓名

倒转的时钟破裂

漏下来分针秒针

错落滴答

父亲

我想叫你一声爸

病人秦始皇

"秦始皇情结！"我在睡梦中喊叫起来。我忽地醒来，奇怪自己怎么冒出这样一个奇怪的名词。对心理学家来讲，一般用以描述父子关系紧张或母子关系过于亲密的情景总让人想到"俄狄浦斯情结"。我想起白天来就诊的病人，一个面色憔悴且阴郁的母亲和一名约16岁带着倔强面容的男孩。据母亲介绍，这男孩的父亲是某高校的某学科负责人，一心扑在工作中，事业卓著，然而，对待自己独生的儿子却像"黄世仁对杨白劳一样"（母亲语）。

"若孩子的成绩达不到他的要求时，他竟然拎着孩子的耳朵，拉到垃圾桶旁说：'让你瞧瞧垃圾长什么样！你最好将它吃进去，这样你才能长记性！这样你今后也许不会成为社会垃圾！'我上去阻拦，他竟然给我一个大耳光，这日子算是过不下去了。"

母亲开始抽噎起来，我看到孩子低下头，将两脚收拢，本来放在双膝上的手紧紧地握了起来。从一缩一鼓的咀嚼肌活动等现象看来，孩子的内心里充满了愤怒的张力，特别是母亲说到拿丈夫没法、不得不考虑离婚而伤心落泪时，屋子里充满了一触即发的紧张气氛。我知道，在此时，从移情角度来讲，对母亲而言，我是个充分能接纳理解她痛苦的"丈夫"角色，可对孩子而言，他准备着对想象中的敌人——他的父亲做出攻击性的反应，虽然这种反应在以往的经历中，由于害怕父亲的权威和受到道德上的约束，仅能以想象的形式得以体验。我想，也许这孩子会在学校与同学的交往中有所表现。

"孩子在学校表现如何？"我问道。

"这不，他爸爸骂他、打他也不是没有道理，他有时在学校与同学打架，把别人打得不轻，我从没想到从小那样乖的一个孩子怎么能下得了那样的狠手！"母亲带着恨铁不成钢的眼神看着儿子。

"俄狄浦斯情结。"我在内心里念叨着这一名词。在通过精神分析呈现出来的儿童早期的冲突中，普遍存在着一种最为强烈的、约产生于四五岁、与欲望及客体关系有男孩适当地做女孩所做的游戏，有助于发展其人格中温情的部分，那代表宽容和善感；反过来，女孩则会具备果断和坚毅的性格。

密切关系的俄狄浦斯情结。弗洛伊德对之的主要描述为，男孩存在着完全占有其母亲的欲望，并想以某种方式摆脱父亲。在不寻常情况下，少数儿童还有弑父的念头。在弗洛伊德看来这是一种男孩对父亲的爱，与害怕受其拒绝或身体受到其伤害，特别是害怕因父亲的报复而将其生殖器阉割的冲突，此称为"阉割性焦虑"。

在我的印象中，俄狄浦斯现象在中国的历史中发生过很多次，似乎是一个亘古以来就存在的题材。在接下来的蒙眬中，我梦见自己变成了《寻秦记》（黄易著）中的项少龙，闯入2200多年前七国大战的时光，我的身份倒没有改变——心理治疗师。

公元前239年夏天的一个黄昏，我正在我的诊室等待一个神秘的访客，该病人是通过一个姓吕的年长者约定的。时值"合纵连横"的僵持阶段，起因为公元前546年在宋国召开过14国"弭兵会盟"，将当时的天下划分为两个势力范围，东方归齐国控制，西方归秦国控制。公元前288年，齐王为东帝，秦王为西帝。当时有7个主要的国家（燕、赵、魏、齐、韩、楚、秦），联盟为分布在由北向南的"纵"联盟，用来对付由西向东的"横"联盟。横联盟指秦国与六国中的一国或数国结成联盟，以进攻其他国家，由西向东扩张，故名连横。

连年的征战，国家一片荒夷，男子多为国家征战而出，鲜有一家保留完全的，不是妻丧夫，就是白发人送黑发人，或儿女与父亲不能谋面。这也造成了我开设"辛大夫心病"诊室（今天人们称之为心理治疗）的契机。就诊的病人多为怨妇或患有各种神经症（恐怖症、焦虑症或抑郁症）的儿童、老人。此次约诊的病人有些特别，一个老者通过一个仆人传来一封信，信中这样写着：

辛大夫台鉴，兹闻贵所新开不日，生意盈门，夫于战乱之初，仍怠守救百姓于沉疴之中之初衷，实为凡人所难为。今欲以万贯邀君移足寒舍，商量大利于大秦之事宜，以防缟素天下之事重现。

161

谈心理／己欲立而立人

不知尊意如何，请即示知。

吕不韦

我心中大奇：吕不韦可是名震天下的丞相，当今天子嬴政的仲父，他有什么需要我这个心理医生治疗的？我告诉来人：按惯例，我只能在诊室中接待吕不韦，时间可由他决定。

我立即对自己的这一反应做了思考。以往，我也经常遇见病人馈赠礼品或银钱的行为，一般并不为之所动，为什么这次我将时间的决定权给予了对方呢？如果与钱财无关，是否与对方的名誉、地位有关呢？还是因为吕不韦的名字引起了我的兴趣？

一般情况下，我将自己可能的接诊时间告诉病人，由病人决定就诊的时间，一旦确定，则不轻易改动。在吕不韦的来信中，有"以万贯"相赠的句子。早年的吕不韦是一个成功的商人，在他的来信中，将我的治疗称为"生意"，一方面也许他对心理治疗并不十分了解，另一方面也说明他看重钱财，将之视为可以与权力等同。虽然我不愿屈从于被控制，未做出"移足"的决定，但仍因感受到吕不韦的不凡控制力而做出了部分的让步。这些资料成为我即将面对吕不韦，进一步了解他的基础。

时间定于两日后的黄昏，这隐含着吕不韦欲发展私人关系的倾向，要不就代表他喜欢占用别人的时间（及其他的东西）。

黄昏时刻，炎热的气温有些许下降，但我诊室四周的气氛蓦地紧张起来，平时就很安静的环境变得连蝉鸣及归巢的鸟啾声全都消失了。叩门的首先是一名身着戎装的将军，明确我独自在屋内后，他退了出去。随后，一位身材魁梧、红颜皓首的老者从容地走了进来："辛大夫，你我不必多礼，老夫对心理治疗不大了解，故前来见教。"我双手一抱，将他让进治疗室。吕不韦径直走向通常我坐的长靠背木椅上，我犹豫了一下，很快坐到他的对面。我想："吕不韦一定有占据商机的非凡能力，他似乎习惯于先发制人，他如何处理与嬴政的关系？"

吕似乎看出了我在想什么，开口道："辛大夫，老夫前来拜访，除了慕名以外，实是出于无奈，我与当今太子嬴政之间有了麻烦……"

他盯着我，看我的反应，好在我所受过的训练是"节制"，即不受自己内在冲动（好奇心和征服心理）的控制去影响治疗，不过我仍注意到他的用词"太子"。

嬴政的父亲异人（子楚）即位后，历史上称其为秦庄襄王，在位仅3年卒，立嫡长子嬴政为王（时嬴政13岁），尊王后为楚玉太后。看来吕不韦到现在仍不愿承认嬴政为天子。算起来嬴政也该有20岁了，此前应该为垂帘听政，吕不韦肯定在其中扮演了重要的角色。21岁加冕，嬴政就是真正的权力控制者了。不过我听人说起过嬴政的身世，似乎与吕不韦有着密切的关系，也许嬴政是他的亲生儿子，那他争什么呢？

无数个念头从我的心中冒出，可我的脸上却波澜不惊。

吕在未见到我有所反应后接着说："说来话长，嬴政现在恨死我了，可他的今天，哪一样离得开我？"

我开始发问："您此次来找我是因为您的问题，还是别的问题？"我在想，避免荼毒天下，后面的含义是否来自秦国内部（即他们矛盾的尖锐化）。我还记得，公元前260年，赵国大将赵括率兵在长平败于秦国，40万赵兵被活埋。

"我其实是想让您去劝劝嬴政，我觉得他变得越来越固执，不仅是我的话，其他人的话也越来越听不进去了。"

"他知道您来找我吗？"我问道。

"怎么会？我现在都很难见到他。"

"还有谁能说服他呢？他以前倒是与他的母亲楚玉太后关系很好，可自从楚玉太后与其近侍嫪毐同居生子后，嬴政便疏远了其母亲。"

沉吟片刻，吕不韦说道："现在天下形式越来越复杂，我的处境也越来越难，辛大夫，不瞒您说，我连真正可以说话的贴心人都没有，眼看我的宏图即将实现，而自己却面临亲子不认、国人怨的局面。"

我将此话与所听到的传说联系起来："这么说，外面的传说是真的？"

吕不韦将目光转向屋中一隅，夕阳的余光在那儿稀稀落落地投在木桌上，他的目光似乎穿透了时空。

"是啊，一切皆源于亲情，而今，只剩下权力之争。当时，我虽是一介商人，但与嬴政的父亲异人——就是后来的庄襄王有很好的私交。异人是作为人质被放逐于赵国的，平素里比较孤僻，不善交际，加上其母亲夏姬不为异人的父亲孝文王所宠，所以他在赵国的命运就像无根的浮萍一样，漂流而无定所，甚至有时连经济来源都成问题。我因生意的原因经常去赵国，发现异人倒是愿意与我聊。接触后，我突发奇想，也许有异人出头的时候，不妨真正地重视与异人的关系。我发现异人对我的一个小情人玉姬有意，他大概是没有接触过女人，每次我们一起喝酒时，他盯着玉姬的目光直勾勾的，弄得玉姬老是回去后说你这朋友好没礼貌。我索性成人之美——你知道，女人在我们这个时代是可以当作礼物馈赠的。玉姬很快就怀孕了。有一天，玉姬悄悄地告诉我，那是我的种，玉姬就是现在的楚玉太后，而嬴政，也许是异人的儿子，但也许是我的。"

"那不很好吗？不管是谁的儿子，您目前过得不是很好吗？您担心什么？"我问道。

"小时候，嬴政性格比他父亲还孤僻，虽然在4岁之前，异人对嬴政呵护有加，但环境的隔离及周围那些赵国孩子鄙夷的眼光，使得嬴政从开始就不大愿与人接触，与母亲的关系特别亲密，以至于母亲不能离开他半步。"

我想起了"分离焦虑"的字眼，幼儿最开始的恐怖症、焦虑，与害怕母亲离开、害怕失去母亲的爱有关。

"异人在嬴政5岁时，在我的帮助下逃回了秦国，而嬴政母子在赵国的境遇更加凄惨，先是被关了起来，面临死亡的威胁，接着又是连年的近乎绝望的等待，因为传来异人当了秦国国王的消息，同时也传来异人又有新欢的消息。由于迟迟不能返秦，连玉姬的脾气也一日不如一日。在嬴政5～9岁的日子里，母子相依为命，我想嬴政一定在怨我当年将他的父亲接走，造成他们的分离。"吕不韦叹了口气。

"难道他不知道他与您的关系？"我注意到，四五岁的嬴政与母亲的关系因没有父亲的存在而加强了俄狄浦斯的正性情结，即与母亲牢不可破的亲密关系由于缺少来自父亲异人的平衡，而显得依赖性十足，一旦出现外力，则将如压紧的弹簧被释放一样具有巨大的杀伤能量。

"也许他不能确认我可能是他的亲爹，我其实应异人之邀，当了嬴政的'仲父'（相当于教父）。这孩子是我看着长大的，虽然性格孤僻，但却很倔强，一旦认准的事情，决不轻易放弃，有时就显得偏执。记得异人逃离赵国时嬴政才5岁，我有时还回去看他们母子俩。您知道我与玉姬的关系，玉姬那时对我的依恋甚至超过了以往任何时候，可我分明从嬴政的眼里看出了仇恨，也许他觉得父亲都靠不住，因为异人离开了他们，而我也是要经常离开他们的，况且，我去探望他们时，就意味着他母亲要让他独睡。他虽然不知道我们的关系是怎么回事，但一定能意识到我就是分开他母亲和他的罪魁祸首。"

"嬴政与他父亲异人到底是怎样的一种关系？"我在想，嬴政性格上的孤僻是否有与异人认同的倾向？

"异人是个相当能忍耐的人，也十分软弱。他的母亲虽不得宠，但另一个得宠而无子嗣的华阳夫人却对之呵护有加，认为这孩子心地纯善，也许会以有别于战争的方式统领国家。开始，我以为我说服了华阳夫人，视异人为己出，用以防老，后来才知，华阳夫人相信孟子的话：'不嗜杀人者能一之。''一'就是'统一'，这当然反映了当时许多人厌战的情绪。异人继承王位后，因身体不适，一直无暇更多地顾及家庭，3年后终于不治而亡。当时嬴政13岁，似乎没有表现出特别的悲伤。从他的神态中很难猜测出他真正在想什么。他对异人与其他女姬所生的儿子——他的兄弟成骄的关系也很疏远。看来，他对父亲异人有着很深的积怨。"

"有无异人将政权交给成骄而非嬴政的可能呢？据我所知，异人与成骄的母亲关系不错。"我感到"竞争"二字在嬴政内心中的张力不小。

"嬴政是长子呀，更重要的是异人对嬴政母子负有歉疚心理。不过说实话，我在其中起了很大的作用。当然，我有着私心，不管如何，嬴政许是我亲生的，再说，嬴政当时才13岁，玉姬与我的关系也非同一般，也许我会有更多机会。"

我明白吕不韦所指的机会是什么，这也许是嬴政与吕不韦当前的矛盾焦点所在。

晤谈进行了一个半小时，我无法主动终止会谈，直到吕不韦站起身来说："辛大夫，我想您对我目前的处境已经有所了解，我觉得能对您说出这些，首先是感到吃惊；其次，我自己感觉轻松许多，但我知道问题并未解决，也将很难解决。老夫不想再来打扰您，但会安排嬴政在不日见您，他将不会知道这安排与我有关。"

说完，吕不韦双手一拱，头也不回地走了出去。我再次强烈地感觉到吕不韦的控制力，不过我也觉得，如果我面对嬴政，也许这样更好。我知道今后将很难再见到吕不韦，所以在时间上，我未强迫自己硬性终止会谈。隐约中，我觉得吕不韦其实是挺需要别人理解他的，在强大的权力与控制欲之下，是否其真实地感觉到不能把握一切，将要面临失去一切的恐怖症呢？不管如何，我明白，我即将面对的是一个马上要加冕的天子，或者，一个20岁尚在青春期的小伙子。他是否就是俄狄浦斯情结的问题呢？

至少，就目前了解的情况来看，在嬴政和吕不韦与楚玉夫人的关系上存在着竞争性，表面上的权力之争若从深层去看，也许代表嬴政想摆脱仲父吕不韦的控制和摆脱对其母亲过分心理依赖的自立性冲突，即由于摆脱依赖而产生的焦虑。吕不韦内心的烦恼一定来自嬴政对他表现出的反抗情绪，从某种意义上来讲，吕不韦的焦虑程度就等同于嬴政的焦虑程度。只是，楚玉夫人在其中扮演了什么样的角色呢？我在内心给这个不凡的歌姬画上一个大问号。

嬴政的首次到访安排在一周后某一天的清晨，我虽能习惯不同来访者的特殊要求，但更习惯从这些特殊要求的背后去理解、认识其人。早起也许说明他有着严格的自律性，"闻鸡起舞"的人早睡早起，生活上极有规律。也许嬴政有某种强迫症的表现，另外，也可能他夜间的睡眠不好——许多情绪低落或焦虑的病人常有早醒的特点。

嬴政同意来我的诊室交谈，说明他从某种程度上还愿意接纳他人。

我听见一阵辚辚的车马声，知道来的人不少。我等在门前，只觉得眼前一亮，一名身着素衣的青年下了车，一圈人散布在他周围。片刻，他一人向我走来，其步伐的稳重不像是20岁的人。我逐渐看清楚了他的面容：在朝阳的映射下，他脸上的轮廓特别分明，并不像我们在兵马俑中看到的秦人那夸张而古板的脸。嬴政在我面前数步处停下来，直视着我问："辛大夫？"

我点点头："您是？"

"我就是嬴政。"

相书上形容后来的秦始皇"蜂鼻长目，鸷膺豺声"，前面的描述倒不错，很符合20岁时嬴政的长相；后面的描述嘛，我倒觉得他的声音怎么像还处在变声期一样？20岁的人，竟然看不到一点胡须，生理上的发育尚未完全。他是否有性的能力？我突然冒出这样的想法，嬴政应该很早就被安排与女子圆房。至少给我的印象是其生理特征不成熟。他的心理是否也如生理特征这样晚熟呢？至少，从他直视我的目光里见不到幼稚，而更多的是审度与猜疑。在那一刻，我的头脑中晃过了许多念头。

"太子您好，我正在此恭候您的到来，屋里请！"

我仍按惯例将他先让进屋里，观察他的习惯性行为。他站定后，将屋子打量了一番，问："我该坐哪儿？"

我指着靠窗的一张椅子说："太子请坐。"

看来，嬴政目前仍不能真正控制局面，至少他没有吕不韦那种压倒一切的自信。我反倒对这小伙子产生了一丝同情，这是因为我知道他有着孤独痛苦的童年，也许未来对这孩子代表着更多的压力。但也许，因上次吕不韦表现得有些专横，使得我自动地与嬴政站在了一边。

"我母亲让我来，我知道您是可以信任的，而我的确有些长期以来困扰我的问题需要解答。您知道，在一年内我即将正式加冕，自己感觉到压力很大，经常头痛、胃痛和腹泻。"嬴政没有犹豫就开始他的谈话。我注意到他在开始就将他母亲提了出来。

"您一向都习惯早起工作吗？"我从时间的设置上开始我的问话。

"我从来都睡不过早晨5时，夜间的睡眠质量也不高。"

"从什么时候开始的呢？"

嬴政沉吟片刻："我想与我在赵国的童年经历有关吧。"

我关切地望着他，未作声。

嬴政移开了目光，看着屋里的一角开始讲话。

"从我记事起，我记得母亲的怀抱是我最安全的处所，她声音温柔，会唱很动听的歌给我听，我经常在她的怀中睡着。那时父亲在家，对我很慈祥。虽然我们与其他人来往不多，但父母的关系很好，母亲经常在家跳舞给我们看，父亲一边饮着酒，一边应和，我其实最眷念的就是'家'的含义。但即使在那样的时光里，我仍经常被别家的孩子骂为'野种'。"

"那时您多大？"

"三四岁吧。虽然我不清楚这词的真正含义，但从父亲的叹气中我对赵国产生了深深的仇恨。我知道，那不是我的家，我的家在秦国。5岁时，父亲的逃离使得我们这个小家也支离破碎。我娘常对我念叨：'要是能回到秦国你爹身边，一切就会好起来。'那时我真的觉得很无助，我能够感觉得到我娘的害怕。"

我觉得嬴政要是能够躺下来讲也许更好一些，我注意到他开始称母亲为"娘"，父亲为"爹"。这种下意识的退行有助于他回忆，也有利于治疗关系的发展。我没有打断他。

"当时，'野种'在我的理解上仅仅为作为秦国人质的后代，'无根者'是也。后来，我察觉我的仲父与母亲之间的关系，我开始在更屈辱的含义上来理解'野种'一词。"

嬴政的声音明显高了起来，我看见他的手不由自主地抖动起来，他很快控制住自己的声音，看着我说："我知道，外面对仲父与我的身世联系起来的传闻很多，您听到过什么吗？"

"至少，大家认为吕丞相对国家有很大的贡献。"

"哼，"嬴政从鼻子中发出轻蔑的声音，"没有他，我会干得更轻松！"

"小时候，不是他经常关心您的吗？"

"醉翁之意在我娘！"

我差点笑出声来，这更加深了我对嬴政的好感，在某些方面他还有着孩子的率真天性。

"我其实很讨厌他，不仅仅因为他与我娘的关系招来了议论，还因为他处处以仲父自居，好像一切都要从属于他，没他不行似的。"

"也许您不喜欢您母亲与他交好？"

"每次我娘见到他，就像久旱逢甘霖似的，我好像是他们的一个累赘。"

我想到嬴政表面上的幼稚："您自己觉得是个累赘，还是他们对您假以颜色？"

"我每天与娘一起睡，只要仲父出现，我娘总会对我特别好，哄我早点睡，她就离开我到另一间房去。我现在简直害怕我娘对我特别好，这成为我产生不安的信号。当时就觉得在娘面前自己没有仲父重要，我总害怕娘就像爹那样离开我，所以仲父一来我就睡不着觉。"

"您知道仲父与楚玉夫人干什么吗？"我回避了"母亲"这个字眼，因为我猜，在嬴政睡不着的后面可能会有一些尴尬。

"我睡不着就会悄悄地起来，看他们做什么。多半是喝酒呀，我娘与仲父互相击节吟唱至半夜，我有时熬不住，便倒在门外睡着了，但有时又会被一阵阵呻吟声吵醒，当时我还以为我娘与仲父打架，咳……"嬴政有些腼腆地停住了话头，看着我。

"现在您知道发生了什么吗？"我更加坚信嬴政在生理上会比较幼稚，因为腼腆的表情不应该在一个君王的脸上出现。

"当然，但我夜间睡不好觉的习惯从此养成，总在想我要是仲父就好了，娘就会与我一起玩了。我13岁时即位前被安排圆房，可……"

嬴政停顿下来，白皙的脸上泛起一片红晕。

"圆房对您来说是否很困难？"我想我应该帮他一下。

"想到我娘与仲父在一起的情景，我就是无法完成那个过程，我到现在仍讨厌与女人接触。"

我想在嬴政睡不着的背后，除了害怕失去母亲和母亲的爱外，我开始怀疑嬴政在内心中是否十分想与仲父吕不韦抗衡。吕不韦前不久来找我时的焦虑是显而易见的。

"您是否觉得仲父夺走了您母亲对您的感情？"

"唔……"嬴政犹豫着，似乎在找一种合适的表达。

"我知道他对我很好，在我小的时候他总给我带来许多玩的、吃的东西，我娘也很高兴。我无法表达对他该用一种什么样的态度，我想，我是不太喜欢他来找我娘的，以后变成了不喜欢他。"

"您觉得还有其他的原因吗？"

"13岁那年，我父亲去世后我即位，看得出来吕不韦十分兴奋，他要求我在众人面前宣布他为'仲父'，我娘竭力推崇这一主张，顺理成章地，他与我娘接管了国家的一切事务。我每日除了见老师外，在娘面前总被要求正襟危坐，她也一改对我儿时那样亲密的态度，要求我按君王的规矩行事。有一次，我偶然去见我娘时，发现吕不韦正与我娘在一起欢娱。我突然回忆起童年的事情，从那一刻起，我开始仇恨吕不韦。"

"好像谁要夺走您母亲您就恨谁？您对您母亲的感情很深？"我推测嬴政的仇恨也许不只针对吕不韦，或者说对母亲的负性情感蕴含着更大的能量，起初其爆发的对象为母亲以外的人（如与母亲有密切关系的人——嬴政的竞争对象仲父吕不韦或父亲秦庄襄王），当机会来临时，其矛头迟早会指向其母亲。

嬴政沉默着，我也未开口，我在等。

"我是十分爱我娘的。"带着有些沙哑的声音，嬴政艰难地开了口，我发现他的眼眶有些湿润。

"您知道我的睡眠不好，即使睡着，经常梦到我在垒土，将泥巴和成一团团的，堆成一堵墙，围起来，形成一个院子，我就坐在这院子的中间，每当我即将完成闭合的工程时，总会出现一张大口，将围墙吞噬掉，包括我，我总是被吓得惊醒过来。我觉得我娘就像梦中的这道围墙，能为我抵挡一切，让我感到最不安的是我娘自己会像稀软的泥巴一样坍塌，那样围墙就荡然无存了。"

"您是指她与其他人的关系？"我想起吕不韦说的楚玉夫人与一个被称为嫪毐的近侍的传闻。

"《中庸》曰：'喜怒哀乐之未发，谓之中；发而皆中节，谓之和。中也者，天下之大本也；和也者，天下之达道也。致中和，天地位焉，万物育焉。'作为一个即将即位的君王，母亲的行为不能让我以'中和'之心待人，那些辱没母亲与我名誉的人一定会受到惩罚的，我发毒誓！"嬴政的声音让我如鲠在喉，我见到他的手紧紧地握住了佩剑柄，面颊部肌肉鼓起几道棱沟。

我察觉到嬴政幼稚的声音与长相背后隐藏着巨大的杀机，在一阵寒噤中我醒了过来。

我突然明白了嬴政统一天下的抱负及行为背后的含义。正如齐国谏客茅焦所言："陛下今日行同狂悖，车裂假父，囊扑二弟，言之太甚。幽禁母后，残戮谏士，夏桀商纣，尚不至此……"嬴政在21岁正式加冕后，迅速以实际行动实现了他隐埋多年的愤懑，将母亲的近侍嫪毐五马分尸，杀死两个同母兄弟，囚禁了母亲，而且将这种愤怒扩大到所有胆敢违逆他要求的人的身上。

其仲父吕不韦也未能逃过死劫。嬴政亲自写封信给他道："君与秦究有何功，得封国河南，食十万户？君与秦究属何亲，得号仲父？今可率领家属速徙蜀中，毋得逗留！"吕不韦览毕，看到嬴政连自己赖以生存的头衔都给抹掉了，知道嬴政恨自己恨到了头，遂自尽。

我想到埃里克森的观察论断：男孩喜欢刀枪的游戏，

而女孩则偏向于玩过家家、搭积木、做房子的游戏。他认为，随着俄狄浦斯时期的到来（4～6岁），男孩适当地做女孩所做的游戏，有助于发展其人格中温情的部分，那代表宽容和善感；反过来，女孩则会具备果断和坚毅的性格。而这需要恰当的与异性父母的认同，无论男孩女孩，均需要克服与母亲分离的恐怖症。

嬴政40岁时以武力制服了六国，统一了中国，推行暴政，这是一个男孩举着刀枪玩游戏的重现。可是回想嬴政所做的梦，"长城"不正是一个围墙吗？有谁能想到嬴政将中国统一的驱动力，竟来自那么一颗孱弱的心灵。被围起来的中国，不正代表了他一直在幻想着躺在他母亲怀抱中安全温情的想象吗？死会造成与亲人的分离，所以他对长生不老着迷。在他安排的陵园中，由于害怕孤独，他创造了著名的"秦俑"。想象一个5岁的幼儿孤独地在异国度过的童年，这是嬴政需要安全、需要与人交往的象征。

回到开头所提的病人，我觉得问题不仅仅出在那位粗暴的父亲身上，过于亲密的母子关系也让我担心不已。

悲呼，秦始皇情结！

我明白了在本文开头我喊出这句话的原因。

单纯的代价

　　下午5点的飞机被推迟到晚上7点，扩音器中传来播音员冷冰冰的重复的预告：乘坐CZ3344航班前往武汉去的旅客，我们抱歉地通知各位，由于来港飞机的原因，飞机不能按时起飞，起飞时间推迟到19点。

　　我心里一阵焦躁，找了个咖啡厅坐下来，心里慢慢地平静下来了。想到昨天早上和朋友约好9点30分在他住所前见，我到达后给他发了一条短信：我在你楼下了。然后就坐在车上慢慢地看起书来。大约有十多分钟，朋友仍未出现，我一点都不着急，想可能周末他瞌睡多，没准儿又睡着了。我点燃烟斗，继续看书。

　　车停在一个安静的小区，离市区有些远，靠近山，因而显得很安静。周日的9点，一个老人想骑小摩托车外出，自己踩了半天油门打不着火，站在不远的保安乐呵呵地跑过来帮他打着了。在圣诞节来临的时候，全民过节的气氛越来越浓，附近就是番禺的动物园，小孩子有了很好的去处，看着一家人一大早就美美出门的样子，我的内心变得越来越安详。

心里很安详，因为有可以信任的朋友，知道今天将和他度过随意而悠闲的一天。所以，我不急，他也不着急。大概也因为这种放松，他才又睡过去了呢。

我的朋友是一个很严谨的人，烟酒不沾，见女人目不斜视，平时从不开带色的玩笑，工作起来很认真，而且他工作时有一套保持不喝酒的诀窍，所以虽然工作业绩很好，但很少陪客户喝酒喝到酩酊大醉。我想自己是一个很随意的人，怎么会和这样一个看似无趣的人在一起，而且感觉还不错？

首先，我觉得他是一个值得信赖的人。我在对他说话时，他十分注意聆听，而且会恰当地给予回馈；其次，他有自己的主见，当和我的观点不同时，他会"试探性对抗"，当观点严重分歧时，他会沉默很久，甚至几天。被问起这个情形时，他说，我毫不怀疑我们的友谊，但仍担心它会受到伤害。再者，我的朋友虽然严谨，却不呆板，也喜欢时尚，也喜欢好吃好喝，也喜欢注意生活中的一些正是这种单纯、显得不谙世故和不合时宜，才成就了他一如既往对人、生活和工作的态度，并且成为他最好的通行证，免除了很多复杂的工作。

更重要的是，大家看到了一个稳定、持续的对象，那恰好是人们最早情感依托的对象。

鸡零狗碎的细节：哪儿又新开了一家茶店，哪儿的法式咖啡烧得好，哪儿有不用电的集体庄园，等等。应该说，他和我们在一起时，并没有把工作状态带进来，我可以和他讨论工作，但觉得他在身份转换上切换得非常自如。他也说，你要是我的一个客户，我早就懒得理你了。

再后来，我发现，我能够从他身上看到我自己。我是一个很随性的人，随意开玩笑，随意旅行，随意花钱，随意看书，可以在严肃的、嘈杂的大众场合应付自如，也可在农村偏于一隅，独自待上很长时间。可在内心里，我希望自己是个有责任感的、可以像我朋友这样坚持原则的、稳定的、有着坚定信念去做事的人。

每个人都希望自己能够有两张面孔。如张爱玲所说，希望自己风流倜傥，则结交的对象为火红的红玫瑰；希望自己洁身自好，则结交的对象如白玫瑰般高贵典雅。其实，每个人的身份有很多种，父母、兄弟、夫妻、朋友、上下级关系等，很难前后一致、表里一致。我佩服我的这个朋友却是难得的一致。也许这是他工作成功的诀窍，因为很多人从他的身上看到了自己想做却做不到的一面。

对儿童早年的研究表明，婴儿、儿童需要的是持续、稳定的照顾对象，特别当这种对象提供的照顾是恰当的接纳和理解时，这种对象（通常是父母）的形象会深深地烙印在孩子的内心，形成他今后生活与工作的榜样、动力。我所知道的这个朋友的家庭有着非常稳定的结构和良好的关系，我想，这是他能够表里一致的重要原因。而且，更难能可贵的是，在这种高度一致的背后是他的单纯，正是这种单纯、显得不谙世故和不合时宜，才成就了他一如既往对人、生活和工作的态度，并且成为他最好的通行证，免除了很多复杂的面子工作。大家可以一眼看到他的内心，可以托付信任。更重要的是，大家看到了一个稳定、持续的对象，那恰好是人们最早情感依托的对象。

现实与浪漫

　　一个女人一直爱着她的大学同学。结婚10年后，她与丈夫离了婚，自己在离婚后照了一张婚纱照。在国外，当她再次与所爱的大学同学见面时，留下那个同学单独在有她一个人披着婚纱照的小屋过夜，自己却出去住。

　　一个女人选择了现在的丈夫，却对过去的男友难以割舍。之所以离开他，是因为男友的浪漫中缺少了无所不能的能力。她明白，现在的丈夫能够给她安全感，不过，过去的男友能够给她浪漫感。在现实中，她拒绝了过去的男友仍然想延续的暧昧，觉得内心很矛盾，对自己的丈夫很内疚，但她仍承认，她想念过去的那份浪漫。

　　一个女人不爱自己的丈夫，和邻居的男主人发展了热烈的关系，却被那家女主人察觉，男人很快中断了和她的来往，她觉得非常屈辱：当初信誓旦旦，而今却视同路人。其实，我也没有更多的要求，只不过要求维持朋友关系，只不过希望在我路过他家门口，他能够抬头看我一眼……这女人心中涌起许多想法。

三种女人哪一种更好？

是否有着完整的家，一辈子一次恋爱、一次婚姻最好？是否恋爱很多次、结婚再离婚的女子就是不幸的？

第一个女性一直有自己爱的理想对象，在这个理想对象面前，她保持着自己的矜持，并没有因这种爱而不去结婚，不去生孩子，也没因自己离婚而怪罪心中的爱人，甚至，她又结了婚，又生了孩子。那夜，在她独居多年的小屋，在她一个人的婚纱照下，大学同学感到了一种神圣，感到了一种带有尊严的爱的延续和执着；第二个女性对前男友一直很排斥，认为是他破坏了她内心的浪漫，因为在她心中，他还应该是一个可以给她一切的上帝，如果是那样，她就可以嫁给他了，可他不是！不是一个让人能够依托的人。当他回过头来找她重温旧梦，甚至在她面前痛哭时，她没有一丝爱意，没有一丝怜悯，相反，她更加恨他！不过，在内心，她还是承认，他是她心中一段抹不掉的记忆；第三个女性，已经年近半百，浓妆艳抹，当她哭诉时，抹眼泪的手纸碎片粘在她脸上，她神经质地将纸在手中捻碎，扔在咨询室的地上。她说她从没有在她丈夫那儿获得一丝安慰，而邻家男人给了她这辈子温柔的照顾。她强调，其实，他们根本没有很多机会单独待在一起，她觉得很舒服的感觉就是他对她温柔地说一些情话。

每个女人心中都有两个王国，一个是现实王国，一个是理想王国。

在现实王国中，她是母亲——孩子的妈妈，她要揭开衣襟喂奶，她要为孩子洗衣、端尿、倒屎盆；她是妻子，她要衣着朴素上街买菜、与菜贩子讨价还价，她要服侍公婆、大小姑子、丈夫，还要做饭做菜；她还是自食其力的女性，不苟言笑、认真工作、保持尊严的劳动者。

在理想王国中，每个女性都是国王的没有长大的小女儿，每个女人在这个王国中都是公主，是妈妈的心肝、爸爸的宝贝——含在口里怕化了，拿在手中怕摔了；是颐指气使、发号施令、具有无上权力的女皇。在这个王国中，所有的男人都对她臣服、都对她言听计从，她手上有一根魔杖，只要一挥魔杖，天上顿生五彩，只要将魔杖指向哪儿，哪儿就会开满鲜花，就会阳光灿烂。

小时候，父母告诉女儿，就是到天上去摘星星，我们也要去为你摘下来；恋爱时，男朋友告诉女孩，我爱你直到海枯石烂；结婚后，丈夫对妻子说：丢开你那些不切实际的幻想吧，别还以为你是小孩子！

现实告诉她，只有一种王国，那就是现实王国，在现实王国中，她扮演着"女人"的社会角色——妻子、母亲和好女人。接受自己青春不在、容颜老去的事实，最后也认为梦想是孩子们的特权。

只有在婚姻出现问题了，孩子长大了或者偶尔翻出自己的日记、旧照片，或者看到某个情景，她才会觉得自己原来还是有梦想的，还是有悸动的。在内心，她有时觉得自己是一个坏女人——不想管孩子而想去逛街，不想做家务而想睡懒觉，不想理丈夫而去和一个帅哥约会，不想默默无闻而想穿很性感的衣服，让自己尖叫……或者，做一个小女人，等待呵护、享受特权……

第一种女人把理想王国放在内心里，不管现实发生什么事情，理想王国是她内心的一块净地，不容他人染指这份属于她自己的礼物。在她的内心，现实从来就是现实，理想王国是高于并且独立于现实王国的空间，她的所有价值、梦想和尊严都在其中。

第二种女人虽然把现实和理想分开了，可内心并不平衡，她既想当理想王国的国王，又想做现实世界的女皇。她幻想着现实世界的理想化，但并不希望理想王国世俗化。所以，她不抱怨现实丈夫的世俗，而是抱怨浪漫情人的浪漫不够。其实，当她明白，她之所以拒绝他的暧昧，不是出于对世俗的道德底线的维持，而是出于对过去的他没有成为自己理想中的白马王子时，是出于对自己在理想王国中的戏剧戛然而止而出现的愤怒时，她就释然了。因为在她内心，抛弃了现实不合格的男主角这段情节，又可以继续发展下去了。

第三种女人则是想在现实中当理想王国的主人，她混淆了现实与理想之间的界限，所以，一旦回归现实，理想之梦便消失得无影无踪，不真实也抓不着。只是，现实的情景和人还在那儿。

一个聪明的女性在现实中应该有着连贯而稳定的身份，女儿—女孩—女人。而在内心，这些身份是变化甚至是不连贯的，这只有在内心设定一个理想王国，许多角色你方唱罢我登场，而不变的是自己始终是这出剧中的公主、女主角！

于　武汉

谈教养

解落三秋叶，能开二月花

孩子第一天上幼儿园

儿子昨天上幼儿园。他在此前经常到幼儿园去玩，在老师那儿混了个熟，对环境也不陌生，每次到幼儿园下班时，他会主动要求去幼儿园，几乎每个人都会和这个业余幼儿园铁杆会员打招呼，儿子一一笑纳，很少表现得激动，而是十分矜持，颇有稳健政治家的风范。

昨天不一样，他自己必须离开天天陪着他的奶奶，独自在那儿待上一天（试园）。昨天下午从幼儿园接回后，他强烈要求奶奶再带他去幼儿园，大家在奇怪之余，带他去后才知道，他想让奶奶带他去占领所有的玩具，赶走所有的小朋友。因为，在家里，所有的玩具属于他一个人，而在幼儿园，他必须学会和别人分享。

儿子昨天晚上抱着舅奶奶，要求在她家过夜，这样，今天就可以待在舅奶奶家里玩，而不必上幼儿园了。舅奶奶说："我还没退休，等退休再天天陪你好不好？"儿子说："那你现在就退休！"

今天，儿子一早就显示出惶恐，他将妈妈抱得紧紧的，眼神中流露出深深的恐惧。在这时，他从不指望他的老爹，他知道他不可能在我这儿找到妥协。虽然我们再三保证会待在他身边，第一个来接他，等等，他只是倔强地哭，等我们被分开走到门口，还看见儿子牛一样地冲出老师重围又被强拉回去的情景。

在国外，孩子在出生后约5个月的时候就被单独放到另外的房间、另外的床上睡觉（其间与父母通过某些装置联系），其理论基础来自玛勒和斯皮茨对婴儿和儿童行为观察的结果。一方面，孩子在此阶段与母亲处于密不可分的共生阶段，不仅孩子离不开母亲，母亲同样也离不开孩子；另一方面，随着孩子大脑神经系统及肌肉系统的发育，孩子有更多的离开母亲、独立去探索世界、建立新的关系的冲动，不过仍不时地回到母亲的身边寻求支持和安全感。父亲在此时是个很好的"第三者"，可以将这种共生关系"解离"。足够理解的母亲会鼓励孩子多多参与对世界的探索和"冒险"，自己则作为支持者显示出无处不在的痕迹。换句话说，她鼓励并促成孩子对父亲的认同并发展关系。这是国外孩子不恐惧幼儿园的原因之一，即早期适应模式。另外比较重要的原因是提供给孩子安全玩耍的氛围。一个朋友的孩子到美国说什么也不去幼儿园，后来去了幼儿园的第二天就改变初衷强烈要求去幼儿园，主要原因是那儿的老师非常和蔼。

老师不允许家长看孩子哪怕一眼，因为害怕这会助长孩子哭闹的气焰。通常的解释为：总会有一周的适应期的。多数家长因为害怕得罪老师，害怕孩子会受到不公正的待遇而违心迎合老师的要求，含泪狠心地离开孩子（中午没孩子闹了却睁着眼睛睡不着）。

问题在于这样的情景对孩子有什么样的后果？

儿童在早期的主要焦虑中有两种与分离情景有关：

1.害怕失去他们最需要的人（如母亲）。孩子害怕单独一个人完全无助，

我们至少可以允许父母或亲人在孩子上幼儿园的最初阶段陪伴孩子，让孩子觉得在幼儿园是安全的，老师是值得信赖的，而不是生硬地（甚至粗暴地）去割断孩子对这个世界信赖的联系。

没有人帮助以满足自己的要求（如独自享用所有食物或玩具）。

2.害怕失去客体（母亲）的爱。由于孩子早年所有对世界的信赖和安全（此为孩子进一步探索世界的自信基础）完全来源于母亲（或其亲密照顾者，如奶奶），因此，这些人的消失对他来讲意味着其内心支持系统的崩溃，它同时也给以往的爱带来了"不安全的""不确定的"感觉。

一个以往给予孩子足够理解、照顾、支持的家庭中出来的孩子在面对这种情景时，他能知道在上幼儿园一天后又见到亲人，并记住这种情景，他就会接受这种情景并逐渐融入环境中，好在这种情形是最常见的一种情况。

一个来自父母频繁争吵，对孩子经常忽略或不接纳的家庭的孩子，在遭遇这种分离的情形后只不过是在其未愈合的伤疤上撒了一把盐，他可能在幼儿园时就表现得内向、孤僻、自卑、行为异常等，在以后的成长过程中也逃不过这一模式的窠臼。

我们至少可以允许父母或亲人在孩子上幼儿园的最初阶段陪伴孩子，让孩子觉得在幼儿园是安全的，老师是值得信赖的，而不是生硬地（甚至粗暴地）去割断孩子对这个世界信赖的联系。另外，应该把幼儿园设计为孩子玩耍的天堂，而非要求、命令和执行成人思维的场所，要用孩子的语言与他们交流而非成人的。比如孩子喜欢游戏，有着丰富的想象，新的、陌生的地方在他们的内心世界里充满着奇异的怪兽和恐怖的气氛，如果能够听到他们对幼儿园老师的描述变成了白天鹅，幼儿园变成了皇宫，自己变成了青蛙王子，某某同学变成了皮卡丘，等等，说明孩子已经能够接纳新的环境，而且适应得还不错。

现在，幼儿园的老师均受过良好的训练，对孩子也非常好，不过仍要避免社会的竞争模式所造成的"指导"模式的影响，多多地对孩子"接纳"与"玩耍"。

对于幼小的心灵，是撕开一个口子撒盐，看着其痉挛、萎缩，还是捧着它小心翼翼地呵护，看着它逐渐跳动得有力，充满活力？这要看社会和父母能够给予孩子多大的空间。

儿童三宝

安慰嘴。在《唐老鸭》的动画片中，唐老鸭叔叔想获得孩子们对他的照顾，骗孩子假装吃了"还童药"，衔着安慰嘴奶声奶气地叫小鸭子们"妈妈"。小鸭子们急坏了，因为唐老鸭叔叔含安慰嘴的意义为：我变成了小孩，我需要别人的照顾！我们在电视中常常见到在国外的马路上、公共汽车上或公园里，母亲在数月或几岁大的孩子口中放进一个类似奶嘴一样的东西后就可以安心地去做自己想做的事情了。

我们可不能因此就轻易地认为老外将安慰嘴塞到孩子的嘴中是一种偷懒的办法。安慰嘴是否只起到了阻止孩子哭的目的？我们想知道的是哭对孩子来说，是否就只是代表饥渴、要吃东西的一种信号呢？我们常看到哺乳期的妇女当孩子哭的时候就将奶头塞进孩子的嘴中，这样，饥饿的孩子固然停止了哭泣，但有时，有的母亲也习惯地将乳头放在孩子的嘴中，如在一些农村，有些孩子在较大的年龄时仍保留了含母亲或乳母乳头的习惯，而这就不能用满足食欲来加以解释了。再进一步想想，安慰嘴只有一个类似于奶头的形状，而无实质性的营养物的输入，在孩子品尝到类似于奶头的物品就终止了哭泣的时候，是否孩子的需要并不仅仅或者根本就不是奶水呢？显然，孩子所需要的是物质以外的关爱。实际上，我们是否忽略了1岁以内不能用言语表达自己感情的孩子强烈的情感需求呢？近25年的研究表明，婴儿是极具情感的"竞争性的婴儿"。

弗洛伊德将0～1岁的婴儿时期称为"口欲期"，因为婴儿们只能用"口"来表达他们的情感，来体验世界。比如进食代表安全，饥饿就要闹，从而获得食物，愤怒时可以用咬、不进食来代表。由于这一时期，婴儿们自己不能行走、不能觅食，与出生前在妈妈的子宫里——一个相对安全的环境中相比，外界的嘈杂、冷热刺激对他们而言有着太多的能导致他们不安的因素，所以在心理上他们与母亲处于"共生"阶段，他们不能也不愿意把自己与母亲区分开来，母亲的离开对他们的内心会造成非常大的恐惧。这种分离性恐惧会成为今后癔症的起因，为了避免这种恐惧，就形成了所谓"原始的信任感"，有助于孩子今后与人的交往和交流。

其实成人有着比孩子们更多的自我安慰的方式。就口唇方面的满足来说，我们常说"口腹之欲""暴殄天物""嗜酒如命""大烟枪"等，现在还有卡拉OK，均是成年人通过口满足自己的方式（正好说明他们在婴儿期在这方面的缺陷）。比较起来，倒是在以前，听老人说过，在一些大户人家或农村，孩子可以被允许衔着奶妈或母亲的奶头到5岁，当然，当时人们不知道这样做的作用。现在，我们如果想让孩子健康地成长，不妨科学地使用安慰嘴，不过，应该在更广的范围内理解"科学"的含义，即母亲不仅仅是一个哺乳机器，她必须将婴儿看成一个有感情交流需要的人，她必须去捕捉孩子在细枝末节上所表达出来的感情含义。国外的研究表明，母亲（或类似的客体）与孩子分离3个月以上会导致孩子不可逆的情感缺陷。

沙坑。在国外的一些家庭或公共场合，常常看见1～3岁或更大一些的孩子在沙坑中玩堆沙子。早期有一部叫《沙器》的日本电影，描述了主人公由成年经历回忆到儿童时玩沙子含义的体验。在国内提供给孩子们玩的沙坑并不多，常常是小宝宝回家后妈妈说："小黑鬼回来啦，又到哪里去野了？"或者更严厉的家长就要骂："这新衣服才买了不到一天，你就搞成这个样，看我不揍你！"孩子对玩沙子则是乐此不疲，妈妈说过的话转眼就忘到脑后去了。

我们许多人的经验是：孩子在1岁时开始好动、活泼，3岁左右最好玩，等到再大一些，孩子们就不那么好玩了，因为他们有自己的玩伴，并且经常违抗家长的命令，所以得开始严加管教，以免他们变野。我们小时候没有现在的孩子们这样多的玩具，我们都记得当时我们最爱玩的是"打珠子"，那也是一种在泥巴上体会泥土的黏滞、温暖和略微带有腥味的柔软感觉的需要。

1岁的孩子刚刚跌跌撞撞地学步，2～3岁的孩子已经能很快地奔跑了，日益强健的肌肉引诱着孩子实现能量的释放给他们带来的快乐，同时，他们挣脱了父母的羁绊，想争取自己的权利，

母亲不仅仅是一个哺乳机器，她必须将婴儿看成一个有感情交流需要的人，她必须去捕捉孩子在细枝末节上所表达出来的感情含义。

因此"不"成为他们口头上最常用的词。他们在体会到这些能靠自身的运动带来的独立意识而获得的快感时，又受到父母越来越苛刻——至少在孩子们看来如此的限制：不许随地大小便！这是因为他们还在习惯形成期。在这一时期，父母们因为孩子经常尿床而在无形中责怪孩子："宝宝又画地图了，宝宝不怕羞！"

在心理学家看来，控制大小便是孩子与父母争夺权利的最现实也是最容易发生和观察到的事实。孩子在幻想中将自己不喜欢的东西通过大小便"排了出去"，而这种恨意在孩子们那儿是随时都可能产生的——他们对内部和外部世界的区分能力尚不完整，所以他们需要在产生恨的感觉时"排便"，并有"玩"和"欣赏"自己杰作的冲动。弗洛伊德将儿童的这一时期称为"肛欲期"，认为这一时期代表着自恋、创造性。孩子们出于对父母权威的害怕，因而转向玩沙子、玩泥巴，以后在上述玩耍过程中产生的动力可能会升华为雕塑家、画家。当然，不是每个孩子都有成功的机会，尽管如此，我们还是应该重视和尊重孩子们的好动性、创造性，并给予恰当的引导，这对家庭和社会都有着不可低估的正性影响。

米老鼠和毛绒熊。许多孩子喜欢毛茸茸的玩具，搬家的时候首先将它们抱在怀中，睡觉时也不愿放下。那些设计夸张的、憨态可掬的狗熊、小兔子、米老鼠成为孩子们最亲密的伙伴。在游戏时孩子们煞有介事地对玩具说话，就像它们真的能听懂一样。许多年后，当孩子长大成人后，妈妈还会笑着对他说："你小时候最喜欢抱着那只布娃娃睡觉了。"弗洛伊德在成年后做梦时老是梦见一只黄色的狮子，他自己从来就没有印象在什么时候、什么地方见过这种狮子，后来他问他的母亲，他母亲告诉他："在你小的时候，黄狮子是你最喜欢玩并抱着它睡觉的玩具！"

心理学家将这些玩具称为"过渡性客体"。我们不要将这些玩具简单地视为是花钱的、商家为赚钱而宣传的产品，在孩子逐渐成长的过程中，一方面，他们需要自立，需要体验行走、跑步和排便等能通过自己控制的行为所带来的乐趣；另一方面，他们在心理上还十分需要父母，离不开父母，而父母因为上班、出差或者离异的情形下均让孩子体验到了分离的痛苦，孩子们无法表述他们的这种铭心刻骨的感觉，但我们可以用成人称为"生离死别"的情感来加以描述。孩子们需要找到一个能取代母亲或者类似角色的替代品。在国外，父母很早就与孩子分床而睡，每天晚上的分离对孩子来说无异于噩梦，所以很多孩子会佯病或爬到父母的床上不愿离开。玩具，特别是柔软的玩具会带给孩子以安慰性想象："它就是妈妈，它能给我带来安全。"一项实验表明，从小与母亲分离的猴子，在冷冰冰的铁猴模型那儿能得到食物，在毛茸茸的假猴那儿得不到食物，这只猴子除了进食才到铁猴那儿去外，其余的时间只与毛猴待在一起。

回想起现在许多国内的父母将孩子交给能管饭的小保姆，在感情的交流上，也许还远远不如那些能满足孩子们幻想的玩具。当然，"过渡性客体"也只能说明孩子需要感情的温暖，而非"口腹之欲"。父母对孩子实质性的打击，来自他们对孩子感情的忽略或是自己成人理解式的专横。国外的心理学家通过观察所得出的研究结果已经深深地植入西方社会的文化背景中去了，我们应该从中获得什么样的启示呢？

玫瑰为谁而送

一天，一位24岁的博士生由母亲陪同而来。他讪讪地笑着，说他3个月来感到压抑，原因为他追求一个女学生受挫。当我问到细节时他说道："我喜欢她，然后跟着她，请求和她约会，遭到拒绝，我就守在她的宿舍前，让她的室友帮着带给她几千元钱，算是礼物。她说她已经有男朋友，没有收，可是我还是要守着她。"我问以前他是否谈过恋爱。他说："谈过呀，在火车上认识一个外地的女孩，两人聊得还可以，我建议进一步发展关系，那女孩拒绝了我，于是我根据了解的情况冲到她家里去，又被赶了出来。"

我觉得这位24岁的青年虽然看上去表达合理，行为也符合这个年龄的青年的特征，再询问时，他讲到与同寝室同学的矛盾，也是怀疑同学具有针对自己不好的动机，因而关系弄得很僵。据其母亲说，该青年以前还担任过学生的主席，但进一步与这个青年交谈时发现，他除了上面所说的内容外，没有其他更多的东西可讲，我从其描述中不能找到更生动、鲜活、丰富的事件，整个感受是空泛、无聊和无法集中注意力。

两次访谈的结果让我高度怀疑该青年有重症精神病的倾向：思维的散漫、话题的贫乏、情感的空洞和行为的黏滞以及可疑的被害观念，最后，导致当前的社会功能急剧下降（已经不能继续研究生的工作）。

不过，我在与学生对此案例进行督导时，却想到了另外几则案例。

报道一：

据《兰州晨报》报道，在某日傍晚，兰州大学校园里又演绎了一场"惊天动地"的真实故事：一痴情男子手捧999朵玫瑰来到该校学生公寓5号楼门前，向他心仪已久的女孩示爱，引来许多围观者。

报道二：

2004年6月21日下午，一辆贴满红玫瑰的面包车突然出现在成都某高校的女生宿舍楼下，车顶还用鲜红的大字写着：我真心喜欢你……此浪漫之举引起了整栋楼女生的惊呼。但宿舍管理员很快将面包车赶走，随后赶来的学校保安人员发现玫瑰车停在一树林里，而司机却不知去向。

据该宿舍一名女生介绍，2004年6月21日下午2时许，楼下停着一辆白色的面包车，全车贴满了鲜红的玫瑰，车顶用红笔写着几行字："我真心喜欢你，我并不是你想象的那种人。"一名身穿蓝衬衣的小伙子在面包车旁不停地打着电话。这时楼上观望的女生越来越多，惊呼声四处响起。在众人的关注下，小伙子越来越激动，甚至高声喊道："如果你们觉得我做得不对，就朝我泼冷水。"

这些和本文所讲的案例有何关系呢？我想用两个概念来说明这一问题。

英国著名的儿科专家及精神分析师威林科特提出过一个著名的概念，即我们每个人在十分幼小的时候有吸吮自己手指头（拇指为主，也可能是其他手指或足趾）的动作。稍大，他可能会喜欢某个玩具，并且像对待自己的孩子一样带它上床睡觉、跟它讲话、带它上街等。这些我们熟悉的行为，威林科特称之为"过渡性现象"，而那些孩子们习惯的"对象"（手指、玩具）则为"过渡性客体"。

过渡性客体的重要功用在于它能够提供给孩子想象的

空间，缓解母亲不在时的焦虑，并且能够将其作为具体的想象对象进行发泄或亲昵（撕、咬、拆散、拥抱）。很多孩子在逐渐长大后就将他们曾经钟爱的玩具抛之脑后，或者准确地说，新的、符合年龄的"游戏"（学校、艺术创作、特殊的嗜好）取代了旧的、原始的游戏（讲故事、玩过家家的游戏）。

"过渡性客体"的重要性不仅仅使得孩子对不能控制空间的焦虑（母亲不在、害怕得不到照顾）——即那种性质上为空泛的、无可名状的焦虑（早期婴儿的焦虑或称精神病性焦虑）可由具体的媒介所传递，并可得到处理和缓解，更重要的是提供一个想象的空间，将一些当时不可承受的、难以表达的情感能够逐渐以抽象的象征手段——符号、语言——表达出来，若环境足够安全，则孩子由最初只能发简单的音，到准确地学舌，最后到形成连贯的语言。

由一般口语性的表达到写出隽永的诗句，有时，越简洁的语句，越能传递丰富的内涵。

若早年照顾不当（母亲或照顾者阙如、疏忽、虐待），孩子就会停留在对"过渡性客体"固着性的迷恋之中，即对玩具本身的兴趣大于因其衍生的对外界事物的一切兴趣（而非将其作为一种媒介），并且对此玩具的关注度大到固执的程度，也失去了对其他事物关注的兴趣。如此，由于发育缺乏能够形成抽象思维的想象，他们也丧失了认知功能全面正常发展的机会，其结果为，不能在想象的层面将事物抽象化，而需要有具体的实物、用具体的行为去（立即）实施想法。

这些人在年幼时，可能表现为儿童多动、注意力缺陷障碍，或自闭症，言语发育迟缓；年长后，可表现为关系黏滞、过于服从或经常用（即便是不受欢迎的）具体的行为来表达情感，如送999朵玫瑰或顽固地纠缠别人（跟踪、上门到家里）。

在临床中，也可从相反的症状说明同样的问题。典型的为精神病人的音联、义联，如在沈渔邨所编《精神病学》中提到一个自杀的精神病人，问他

拿花冒充勇气或拿钱提升价值，追溯其来源，还是与缺乏安全感、缺乏对自己和对他人的信任及自我贬低有关，说到底，也是与早期养育者不当的照顾模式有关。

为何到马路上往大卡车的轮子下撞时，他回答："投胎呗（撞轮胎）！"精神病人所衍生的象征具有漫画的特征：幼稚、直白但缺乏提炼。很多重症人格障碍及神经症患者也对某些词、数字敏感，因为他们认为它象征着对自己不利的方面，如一个病人不喜欢"脏"的字眼，因此也非常害怕到厕所去，特别是害怕谁在厕所里谈论与其前途有关的事情，认为这会给自己带来晦气。现代精神分析理论将此与早期客体关系不佳联系在一起。

我们设想，如果苏东坡对某女有意，但可能遭到拒绝时，他可能会写道：

花褪残红青杏小。

燕子飞时，绿水人家绕。

枝上柳绵吹又少，天涯何处无芳草。

墙里秋千墙外道。

墙外行人，墙里佳人笑。

笑渐不闻声渐悄，多情却被无情恼。

即便没有这样的才情，用平实的语言来表达感情也甚于让人送几千元钱来作为情感的表达，我相信这位青年不是出于"炫富"，或者想买断爱情而出此招，他实在是无法用抽象的方法来表达情感——即便他是博士。在临床上，我发现丰富的情感表达与教育程度并不成正比，一个受教育程度不高的农妇在描述她的家庭状况时，其语言的丰富程度完全不亚于受过高等教育的人。

被拒绝时，敏感的（病）人会认为这是瞧不起自己，于是他一定要证明给人看，自己是有价值的，值得被爱的，这就涉及另一个相关的概念：自恋。有关自恋的概念非此文笔墨能尽意，我们以一个一般人的感受来考察对送花等事情的感受。

本来，爱情是两个人的事情，弄得天下的人都知道自己是个情圣，旁观者的感受可能为：

1.好伟大、好感动啊（受琼瑶小说影响的小女生的反应）；

2.我咋没想到这招？内疚呀，惭愧呀（郭靖那样的男生的反应）；

3.关我什么事，自己做给自己看，少拿出来显摆（愤青反应）；

4.同学呀，在校期间要专心学习，再说，爱情可不是能够用金钱来衡量的（某著名主持人的风格——亲切的口气）；

5.讨厌（不为此所动的女生的反应）。

尽管反应不同，多数人还是会觉得自己受到了"侵犯"，即弄得影响很大，其实都不是正常人做的事。在心理防御机制上，这是一种无所不能及自大的表现。拿花冒充勇气或拿钱提升价值，追溯其来源，还是与缺乏安全感、缺乏对自己和对他人的信任及自我贬低有关，说到底，也是与早期养育者不当的照顾模式有关。

当然，人们陷入爱情时，会拔高对方，贬低自己。短期内像动物那样发情倒是有可能，姑妄笑之而已，但在与现实加以比较时，人们尚不至于迷失到完全不顾后果：抛下工作，抛弃父母，无视道德伦理，做出各种稀奇古怪的事情，等等。若类似行为过多、持续时间较长，则看心理医生也许都不够了。

自我与界限

我们将人们在社会上行使生存功能的主体以"自我"称之，"自我"在行使其功能时就同时在界定着一个界限。有一首歌唱道：从此后，你是你，我是我！而这对婴儿和很多儿童来说并不是一蹴而就的事。孩子的视野犹如管中窥豹，所谓只见树木，不见森林，要达到"由点及面、由表及里"的成熟自我，还需要花费相当长的发育时间（直至青春期），我们称孩子的思维是"初级思维"，在这个模式里，你是我，我是你。

"界限"或"边界"等词出现在众多场合中：国家之争如以色列与巴勒斯坦，人际关系如小学生与同座间划定的"三八"线，或家中不速之客的来访等。按中国的传统，"有朋自远方来，不亦乐乎"；在国外，这则属于侵犯了别人的"界限"。再进一步，还有个人内部的"界什么时候，孩子能够对父母说：从此以后，你是你，我是我！这并不代表孩子不继续孝顺父母了，而更多代表的是父母的成功——他们为社会培养出一个独立的成人，他将以独立的人格说话。

限"，如所受的教育指导自己能否超越某个道德"界限"，还有"朋友妻，不可欺"的说法。凡此种种，我们究竟应该如何来理解界限的含义呢？

一个年轻的女性患者，主要问题为皮肤瘙痒，完全不能接触任何化学制品（如肥皂），此外还有严重的抑郁症和人际关系障碍。仔细问诊后了解到，其母亲因为被其父亲抛弃，与女儿相依为命，从小就非常小心地"看护"女儿，传递着"你爸爸抛弃了我们，所有男人都不是好东西"的信息，当患者青春期到来时，母亲更加紧张起来，经常翻查女儿的内裤，偷看其日记。

从生理角度上来看，皮肤是抵御外界不良因素，隔绝导致我们发生感染的屏障，但也是通往外界的介质，通过皮肤，我们才能感受舒适与痛苦、冬暖与夏凉。研究表明，经常与母亲有皮肤接触和没有或少有皮肤接触的婴儿（如弃婴）相比，后者在发育到青春期或成人后患情感性疾病的概率明显增加。

原来，在婴儿和儿童的心中，精神上的"界限"是通过具体的"躯体界限"（如皮肤）来界定的。如果母亲非常小心，捧着怕化了，拿着怕摔了，那么孩子对外界一定有非常可怕、非常危险的印象，同时也形成不了清晰的界限，如母亲可以随便看我的日记，我也可以这样要求别人（如果有男友的话）：你的就是我的，我想到的你也应该想到……反之，缺少皮肤接触的人，则发展为非常孤立于这个社会的生存方式（如孤独症），多半有病理性的结果（如严重的抑郁症和人格障碍）。20世纪50年代，印度曾发现一个"狼孩"，人们从狼群中发现他时虽然他只有5岁，以后也一直按人的方式培养，但直到11岁他仍不能连续说话，更谈不上人际交流了。我们可以说，任何成人的反应方式都代表着其早年父母（或抚养者）对他的教育模式。

有很多人认为，给孩子好吃好喝就够了，除了成绩，对孩子想交流的学校的逸事毫不感兴趣，或者换句话说，只对自己的兴趣点感兴趣。比如一个母亲可以在孩子的身旁整晚边织毛衣边陪他，晚10点准时给孩子煲一碗汤，并一定要看着孩子喝下去。在客体关系的研究中发现，那些回家或离家时对孩子有不安反应表现得漠不关心的父母，他们的孩子也在随后对父母的回来或离开表现得不太关心，似乎他们沉浸在自己的生活空间里，在日常的生活中他们也显得对其他的人或事漠不关心。这看起来界限十分清楚，但实际上这些孩子仍沉浸于他们所营造的无边界的世界里，这种无边界表现为无视他人的情感，也因而不对之做出反应（就像当年他们的父母那样），这也可解释为什么很多孩子在做出违背道德的事情（如杀害父母）时仍可安心睡觉。

　　什么时候，孩子能够对父母说：从此以后，你是你，我是我！这并不代表孩子不继续孝顺父母了，而更多代表的是父母的成功——他们为社会培养出一个独立的成人，他将以独立的人格说话。传统中提到的君臣父子的关系，实际上全面地反映了界的互动：君仁臣忠，父慈子孝，朋友之间，信义为上。老子早就对成熟的自我界限做出过定义："鸡犬相闻，老死不相往来。"其中的微言大义包含着对界限与自我含义的理解，在我国，类似的简单和通俗的说法还有：君子之交淡如水。

小女子自能以柔克刚

吴仪常以"小女子豁出去了"自谦，很多人在感受到女总理自信、独立的同时，仍能感到她的侠骨柔情。而那些避讳自己的女性角色，只想把自己强悍的一面示人的女人，却会在她们本人察觉不到的地方透露出她们真正的身份。

一天，一个母亲陪同女儿来就诊，其实她们昨天就来过，因为我的心理专家门诊是第二天，所以我劝这位母亲改为明天来诊，这位母亲欲言又止，可那女孩马上说："妈妈，我们走吧，我们明天再来。"她那自信的语气给我留下了深刻的印象。

第二天，母女如约而来。原来，这女孩的症状为每次大考都会漏答一两道大题，最近一次考试时，她将题目全部做完后再将答案抄至答题卡上，自认为没有问题，可后来老师发现她漏答和错答了至少一道大题，以至于降低了40~50分时，她说自己完全不能回忆当时的情景。这女孩平时的成绩不错，是班长，她说自己考试并不特别紧张，多次参加校级或省级辩论会也不怯场。母亲觉得这孩子的手近来有发抖的现象。母亲说，平时父母对女儿并没有很高的要求，倒是她自己对自己的要求特别严，刻苦，不允许自己落后。

我仍然记得昨天对她的印象，今天我仔细地打量了一下女孩：短发、学生装、自信，我并未发现她有十分严重的考试焦虑的表现，如考试前心慌、胸闷、严重影响学习成绩的注意力下降及失眠等症状，其言语表达流畅、条理清晰、自如，我觉得就她的自信而言，考试对她根本不是问题。

但我突然觉得，这女孩的过于自信给人们"太硬"的感觉，比如她的打扮和言行虽然符合高中生的标准，但显得过于镇静和男性化。"硬"的感觉也许就是问题所在吧，我想。于是，我开始询问她的月经如何。她说好几个月才来一次，为此还暗自高兴，因为这样可以少去许多麻烦。我请她母亲进来，问她的态度如何，母亲突然想起来，每次考试后女儿的月经就会来。

我问女孩能否允许自己犯错误，她摇头："我绝不允许自己在重要的场合犯错误。"我问："大考还不算重要的场合吗？"她一时语塞。

　　我开始试图将她的症状和她的无意识表现结合起来呈现在她面前：让心里去想一些"禁区"，特别是允许自己去想一些并不代表自己就要去做的那些事情。如想象自己当飞行员或歌星不一定能实现，想象自己逃学或和父母对抗，与前面的想象也是一样的道理，并无哪一种好，哪一种就不好的差别，除非去真正地把它做出来。但如果不允许自己有哪怕是一丝丝的其他"坏"或"差"的想法，比如不允许自己示弱，意味着最后连自己的女性身份都要筛掉。不过，暗地里——也同时是受到青春期生理的影响，她的潜意识仍会以考试漏题来示弱，或在考试后正常来月经透露出女性的生理身份。

让心里去想一些"禁区"，特别是允许自己去想一些并不代表自己就要去做的那些事情。

女孩瞪大了眼睛听着，但明显放松了许多。

孔子说："唯女子与小人为难养也，近之则不孙，远之则怨。"孔子观察到女性情感上的细腻，也观察到，当一个人在情感上要求较多时，容易产生抱怨，易以自己的意志度人，即所谓"小人"。不过有段谈及小人的话很有意思："天下国家之事，败于小人者十一，败于君子者十九，盖小人之骨柔，其气馁，其愿欲易售，其营垒亦易破；惟君子之才品自不同，而业已为众所推，其自负也常亢而不肯下，于是为深刻，为褊浅，为执拗，不能舍己从人，以佐国家之急。"这反映出一个深刻的道理，我们以《周易》中的第64卦的首卦为最好的解释：为乾，象征天、男性、刚健，其爻辞为"亢龙有悔"。意思是阳已发展到了极点，欲进无路，欲退又不得其门，所以"有悔"，就像这个女孩必须做错题的现象。

国内一个著名的心理治疗师的网名为"天下第二"，我问：何不第一？他说：每个在网上与我聊天的人都会认为他是天下第一，我留此虚位以待，以免惨遭踩踏。

我大笑并深以为然。

父母对孩子的自恋性伤害

常听到有些父母发牢骚说自己的孩子不听话，他们教育孩子时常会寸步不让地说：今天我（这是较文明的称呼）非让你听话不可！边打孩子边说：知道为什么打你吗？孩子抽抽噎噎地说：知道，这是为我好。

我在想，当父母与孩子发生矛盾时，究竟是谁该先让一步？多数父母会认为如果不把孩子的坏习惯纠正过来，他下次就会走得更远。有的父母认为，如果不杀一儆百，下次管教孩子时就不再有父母的威信。这是常被混为一谈的两件事情：孩子的教育与成人威信。

成人的生活经验和对痛苦的耐受力显然要比孩子强，这是毋庸置疑的。成人交往时，遇见不合意的事情会给自己转弯，在心理学中称此为"次级思维过程"，比如有好电影要看，有好衣服要买，考虑会影响工作或家里的收支平衡，成人可能会做出否定的决定——他们知道，暂时实现不了的愿望或许以后会实现，当时，他们对欲望落空的承受并未带来任何心理和行为上的伤害，相反，由于节制是成人自己所做出的判断，这种暂时的"损失"在今后会以加倍的回报返回；而对孩子来讲，其思维呈线性，即所谓"初级思维过程"：我想要的东西一定要得到，我产生的愿望一定要实现。孩子对欲望不能满足的痛苦的耐受能力远弱于成人，当自己的欲望未能满足时，他们所产生的恐怖症完全可以用灭顶之灾来形容。一项儿童分组随访实验证明，那些能够将7颗糖果分为每天吃一个的孩子，与那些一次性索要7颗糖果在一天（或数小时内）吃光的孩子相比，当他们成人之后，前者对社会的适应能力远比后者强。

这需要父母们在满足孩子的欲望和缓解其痛苦之间形成一个缓冲区，心理学中将父母的这种态度赋予"抱持"的概念，另一个名词为"足够好的母亲"。如在孩子痛苦时给予安抚，在其幸福时给予指导，孩子的心中就会体会到来自父母的宽容和理解，就会逐渐明白：父母对自己的关心是无限的，而自己的欲望能够满足的程度是有限的，他们就会逐渐形成自己与他人、内心欲望与外在现实的界限，而这一界限是一切人际关系的基础。

父母不愿承认自己可以对孩子弱一点，实际上是温柔一些、接纳一些，是因为他们自恋地认为，保持严厉就等于保持权威，这恰好说明自己对权威的需要，而非对教育孩子的需要。

父母不愿承认自己可以对孩子弱一点，实际上是温柔一些、接纳一些，是因为他们自恋地认为，保持严厉就等于保持权威，这恰好说明自己对权威的需要，而非对教育孩子的需要。

221

寻找亲生父母的心理意义

对大多数人来说，母亲和她的乳汁一样，存在得那么自然。美国人哈罗却推翻了这个想当然的想法，他将刚出生的幼猴从母猴身边拿开，把它放在自设的两只猴子的房间，一只猴子被做成由铁丝绕成，但可提供乳汁的"冰冷猴"；另外一只则被设计成为由柔软布料组成的"温软猴"。这只小猴子大部分时间（75%）待在既不能给它吃又不能给它喝的"温软猴"身边。而且即使周围环境发生改变，小猴子也仍然待在"温软猴"的身边，否则它轻则会惊恐不安，重则会痉挛不止、抱头撞墙。相反，那个能提供食物的、也陪它一起长大的"冰冷猴"，却不能安慰它丝毫。哈罗的这个实验表明了母亲的功能并不限于哺乳，更重要的是提供情感的支持。

另外的实验表明，母乳喂养和人工喂养并无不同，只要母亲经常与孩子保持稳定和持续的良好关系，孩子就可以健康成长。

一年来，《温州日报》不定期刊出寻亲专栏，每次稿件见报，就有十几个人来寻找亲生父母。他们发现，这些被遗弃者有着如下特点：

1.寻找妈妈的动机强烈，没有人说我来找爸爸；

2.强烈的自卑、无价值感是这些被遗弃者的常有的感觉；

3.残疾的伤害远不如没有父母的伤害。他们能比较坦然地面对残疾，却对被遗弃不能释怀；

4.他们非常渴望有自己的家，成人后，即使他们在福利院里互相熟识并走到一起，也宁愿外出建一个自己的家；

5.对人非常真诚、热情，有很多关系非常好的朋友，容易与从福利院出来的人产生亲近。

若要对这些寻亲者加以分类，则发现其中一类出生于20世纪60年代前后。那时，温州乡下很穷，有一批孩子集中被洛阳的一些工薪阶层收养，这些孩子基本上四肢健全，而且长得比较漂亮。收养他们的父母多半有不低的文化素质，因此这些孩子都能受到很好的教育，成人后也会找到不错的工作并建立起自己的家庭。自幼，他们就知道自己的身世，寻找母亲是他们每个人心中一个无法释怀的梦。

他们说，之所以寻亲，是想看看生我的人究竟长什么样子。

这近乎是一个哲学的问题：我从哪儿来？我是谁？

其实，这个心态是一个认同的心态。认同固然是一个终身的过程，但早期的认同特别重要。而母亲是孩子形成自我的认同模板。通过与母亲的认同，孩子会觉得自己是受人喜欢的、安全的，因此自己是有价值的。最终他们会形成稳定、独立、自尊、有价值的自我，反之，则会感到不信任（也不被信任）、自卑（无价值）、依赖感强。

有人会问，这些孩子不是被人收养了吗？他们怎么会记得自己还有亲生母亲？养父母的角色若足够好时，是可以完全替代亲生父母的角色的。但研究表明，即便是特别早期来自亲生父母家庭中的不良记忆，也会在婴儿大脑中留下痕迹。我们不要低估孩子——即便是一个婴儿的理解力和记忆力，临床上大量的案例表明，发生在幼年时期来自家庭的创伤，如遗弃、疏忽、虐待，看似遗忘，却恰好会被孩子以临床症状，如重复的动作、偶然发生的走神、控制不住的一些冲动或者长期慢性的身体不适所替代。反复寻找母亲，也是他们表现出的症状之一，或者说，是他们心中永远的一个结。通过这个仪式，他们会完成对自我价值的最终认同，如高考一样，不管成功与否，经过高考，很多人才算完成青春期阶段的转变。

有人问，这些孩子为何不找父亲，而只找母亲？在心理学上，母亲对幼年的孩子来说代表安全感、信任感和对自己价值肯定的一个重要人物。只不过她的象征层面的意义多于实际的意义——即任何人，爷爷、奶奶、代替母亲角色的父亲，在孩子心中均扮演着母亲的角色。这个关系的稳定和持续的建立是发展一切其他关系的基础。

也有的寻亲者是想问问亲人：为什么把他送走？究竟有没有愧疚？倘若当初把他送走是出于贫困的原因，还可以理解，但为什么这么多年来，即便是家境好转后，也没有试图找过他？究竟父母心中有没有他的影子？

"他们为什么要这样对我？"

幼儿时形成的这种不公平感会在这类人心中一直延续到成人。

有一位女士，养父母过去都是高干，自己现在是某大型国企的中层干部，儿子已上大学，记者问她苦苦寻亲的我们不要低估孩子——即便是一个婴儿的理解力和记忆力，临床上大量的案例表明，发生在幼年时期来自家庭的创伤，如遗弃、疏忽、虐待，看似遗忘，却恰好会被孩子以临床症状所替代。

原因，她说：总觉得，自己的生命像少了一点什么。

"只要他们告诉我，一直很想念我，想方设法找过我，我的心就安了，我就原谅他们。"

其实，看似愤怒、责怪的背后，却隐藏着自卑、自责和内疚。想看亲生父母是否会自责、愧疚，也是想印证自己到底为何在他们心中一钱不值的意象。这种内疚投射出去，会变成对他人、社会的指责和挑剔，会有过强的正义感。而更多的人，则会将这种愤怒内射回来，变成自责、内疚，从而多表现为对人、对社会的利他性行为。

另一类是20世纪80年代后出生、多半有残疾、在福利院长大的孩子。这些孩子有着很强的自卑、无价值感，认为自己在社会上低人一等。

"我们是很差，连父母都不要我们了，是社会的下等人。"

一个男孩子长得很清秀，素质也很好，谈了一个女朋友，两人感情不错。但女方家里一听说对方是福利院长大的孤儿，马上反对。尽管这个女孩也有残疾。

对于他们来说，残疾不是最糟糕的。相对于家庭健全的残疾人，他们更能面对自己身体的残疾。在寻亲中，他们非常大方地谈到自己的残疾，描述得非常详细，因为在他们看来，这正是自己最重要的特征，是母亲能记得的标志。来寻亲的人很坚信：父母不要我，肯定是因为家里穷，因为我有病。现在我能自食其力了，我不是他们的负担了。

有一位整容后的女孩告诉记者："我现在的样子和以前不一样，我以前是一只眼上一只眼下……"

反倒是家庭健全的孩子，对残疾特别在意，特别自卑。

残疾带给他们的伤害远不如没有父母的伤害。有一个女孩说："同样是残疾，生活在健全家庭的孩子，被父母视如珠宝，四处求医，我们却成了没人要的。"

福利院因条件限制，他们没有家的感觉。所以他们长大后，只要有能力，他们会尽可能出去给自己建一个家。他们宁可在外住廉租房，也不愿住在福利院。

　　寻亲的人都是些感情很细腻、很丰富的人。他们自称在福利院里开窍都特别晚，很多人是十五六岁后，才想到去找妈妈。而促使找妈妈的原因往往都是很细小的生活细节，比如看到一张其乐融融的三口之家的照片，看到一个妈妈细心照顾孩子的电视画面。有一个女孩说，在外面上学时，有一天，下雨了，所有的同学都有父母送伞，只有自己淋着雨回到福利院，那天晚上她整整哭了一夜。第二天她就开始找妈妈。她说这个细节时，所有的孩子都哭了，因为几乎每个人都曾有过这样的心碎。

　　在这里，残疾似乎给被遗弃找到了注脚——一种可以原谅父母行为的合理化理由。我曾见过一个学员，右手因发育不良严重萎缩，开始参加学习时寡言少语，平时尽量将右手缩在袖口中，等大家熟悉了，自己对学习入门了，就很大方地讲话，并且用右手拿着摄像机近距离地在拍摄对象面前晃，使大家能够很清楚地看见那只残疾的手。此时的残疾变成了一种身份和交流的符号。它也是一把双刃剑，一方面，代表着自卑，或者自强（反向形成）；另一方面，则代表着可以被人轻看（如街上理直气壮的乞讨者），或有享受福利、便利优先的特权。其实，现实中的社会当然应该提供给残疾人便利，但就内心感受而言，这种便利反而加重了有自卑感残疾人的自卑。

如果自信如张海迪，睿智如霍金，自尊如罗斯福，残疾就不再是一种被遗弃或低人一等的标签。就像一个健康的人一样，它就是属于他自己身体的一部分。

谈教养＼解落三秋叶，能开二月花

假装不长大

　　现实中如果一个孩子学大人的模样走路，会引起成人的哈哈大笑，觉得这孩子简直是太可爱、太逗人喜欢了。若孩子的父母在场，多半还会夸这孩子聪明、家长教子有方。但反过来，倘若哪个成人表现出孩子般的行为（游乐场、杂技团的小丑除外），嗲声嗲气、全身心地做依赖状，那下场就可能不是被认为脑子出了毛病，就是会被骂"没出息"。"得病"则更是可以名正言顺得到照顾的理由之一。

　　一名行为谦卑的父亲带着孩子来到诊室。孩子18岁，耷拉着头。父亲坐在儿子旁边，对着治疗师，继而又站起来走到治疗师面前的沙发上坐下，很急切地看着治疗师说："这孩子，18岁了，还和他妈妈睡，弄得我们夫妻分床多年，我担心他这样会有毛病。"

随后父亲的侃侃而谈，一改当初我觉得他拘谨的看法。他说，自己曾经当过兵，转业后家里分的房子小，三口之家一直住在一起。后来虽然房子大了，但因有老人，三人仍不能分开睡。好在他经常出差，所以孩子能够和母亲一起睡。等到父亲工作较为固定可以在家时，孩子却不愿和母亲分开了。这时，孩子已经13岁了，以后他只好一个人睡。不过，倘若母亲有事不在，孩子也不会一个人睡，也要父亲陪着他睡。

这又是一个分离焦虑的案例。在中国，和母亲处于"共生状态"的大孩子太多了。在年龄上这些孩子已经长大成人，可在心理上还是嗷嗷待哺的婴儿。母亲喜欢溺爱孩子的感觉，精神分析理论曾对此有形象的描述，看着那些生了儿子就能稳定自己在家中地位，就有资格获得婆婆认可的妇女们，会明白这实质上反映了（还会一直反映下去）女性试图摆脱性别差异的努力（女权主义者通过她们的行为反而尤其强调了男女的差异）。中国还有句俗语："女儿是妈妈的贴身小棉袄。"女儿作为母亲的竞争对象之一（反过来也成立，即母亲是女儿的重要竞争对象），她们俩的关系也是在"矛盾中成长和接近的"。

母亲之所以成为成熟的女性和母亲，是因为她的生殖和抚育能力，所以母亲这种对孩子的姿态本应无可厚非。问题在于，当母亲自己需要孩子的欲望强过放手让孩子独立成长的愿望时，那么母亲对孩子的控制就会多于对孩子的关注。同时，在溺爱环境中长大的孩子也会紧紧抓住母亲，不愿去体验新的但充满着风险的生活。

对于这种例子，我们总是会关注在我们面前的孩子到底有多大，是以何种身份出现在我们面前。于是我转向孩子，问他的学习成绩、同学关系，也考察他的语言表达能力。

过于强大的父亲对孩子来说，具有过于危险的"攻击性"。

这个孩子可以直接用眼光与你接触，并不发怵，而且还能很沉着地讲述他喜欢的电子产品。他早在15岁时就喜欢在市场中浏览MP3、掌上电脑以及其他电子游戏产品，并能够很成功地向同学进行推销。和同学的关系原来很好，也很谈得来，但深交下去，他也不知为什么就会逐渐疏远。学习成绩也是如此，以前一向可以，近来退步得很明显。近来常常觉得脑子不好使，注意力、记忆力下降，自己觉得很苦恼，但又不知道发生了什么。和父亲的关系是"矛盾性亲近"：既愿意接触，又比较逆反。和母亲的关系则为"亲近性疏远"：关系很亲，但心里又觉得很疏远。

我感到此时的孩子就是以18岁甚至更成熟的年龄在与我对话，从容、有距离、条理清晰。这样的孩子不该有严重的分离焦虑。于是我问他，父母关系如何？他说，他们以前总是吵架，倒是这几年关系好些了，不吵了。我问孩子，是否自从父母不吵架了，你的成绩反而开始下降了，记忆力也不如以前了？这孩子想了想，说：这好像没什么联系吧。

这时，父亲插话道：我在某公司工作，我自己交际能力还行，平时经常有应酬，为此他妈妈经常与我吵架。这孩子其实很佩服我，但和我交谈时，我可能会比较粗暴、武断。他虽然和他妈妈亲近些，但他妈妈的工作一般、文化程度不高，他其实瞧不起他妈妈。

我有些明白这孩子的良苦用心了。一个强大的男性是否会有更多的能力去获得新的机会而放弃旧的，这是一个喜新厌旧的老话题。父母吵架的模式是一个能够把他们联系起来的模式，对孩子来讲，只要父母在一起——不论以怎样的方式，也许都是让他感到安全的前提。于是，父母的关系模式的改变，在孩子的内心所体验到的，反而是不安全的。这当然也与孩子长大、理解面扩大有关，他无疑是欣赏和愿意成为父亲那样的男子汉的，但这样家里就有两个强大的男性面对一个弱小、无助的女性，母亲失去了原有的照顾功能，又没有知识上的跟进，也许在孩子的内心会认为，母亲可能被父亲淘汰，也可能被自己、最后被社会淘汰。而这是他不能接受的"幻想现实"。作为妥协，他必须使自己变得不进步、变得需要回到被照顾的状态中去。

这时，孩子在父母面前仍是年幼的、需要照顾的，这样，自己能够不那么强大，母亲也就显得有"照顾"的价值了。

孩子的母亲没来，所以我只能看到一个强大的父亲和一个充满怜悯心的儿子。

我们常常讲"共生"是指孩子与父母，特别是与母亲之间互相依存的关系，其实，"望子成龙""老有所养"等都是讲父母对孩子的依靠，前者是职业希望，后者是生活希望，都会对孩子造成精神上的压力。"假装不长大"

既可以维持父母抚养孩子的价值感，还可逃避上述的精神重压，谁不乐意呢？

作为第三者进行恰当干预的父亲的角色在此显得特别重要。一方面，他要给孩子这样的印象，那就是"独立是迟早要发生在每个人身上的事情，这与考上大学与否其实没多大关系"，这个父亲说自己付出了很大的代价让孩子读书，而这孩子最近的表现让他有种"要封顶的大厦坍塌"的感觉。可见，他在乎孩子的成绩甚于在乎孩子的人格发育。另一方面，要让孩子明白，独立的人格是指父母和自己各自负责。父母的事情是不该由孩子来负责的。很多父母将夫妻之间的问题暴露在孩子面前，并以孩子为工具去实施对对方的操控，久而久之，孩子会觉得自己对父母的状态要负责，这也是中国文化黏滞的特色之一。君不见，家里一个成员出问题，其他亲戚走马灯似的过来，苦口婆心、责骂训斥。这种情形导致了成员间的界限不清，也容易导致孩子婴儿般退行的倾向。这个孩子把父母的吵架当作他们维持关系的一种信号，因而，他不能接受父母不吵架的现状。那就是，父亲可能会抛弃母亲，自己若考上大学，离开家庭，那这个可能极有可能变成现实。

过于强大的父亲（事业有成、在单位和家里绝对权威、与母亲各方面的悬殊差异导致不经意对母亲的不屑）对孩子来说，具有过于危险的"攻击性"。他若认同父亲，轻则会与父亲发生对抗，重则表现为放弃父亲的安排，学习下降，甚至出现很多对外的攻击行为，如打架、逃学等。当然，攻击性不恰当的表现还可以以相反的形式表达，如性格孤僻、生病、情感脆弱等。

孩子身体的不适是为了不与父亲直接对抗，将自己变得弱小一点，他的"退步"还得到了来自母亲的照顾，旨在继续发挥她的作用。这种"假装不进步"具有精致的心理结构，使家庭维持在"维持"的水平。

法国印象派画家雷诺阿曾说过一句话：每次小的进步都意味着你离死亡近了一些。

这孩子深得其味，他是在避免这个家庭的"死亡"。

少年维特的烦恼

　　小强是一个腼腆的男孩，他由母亲陪着来到我的诊室。他的头发微黄，有点卷曲，神情有些抑郁，让我想起唐璜，又让我想起肖邦，不过他才16岁，所以还让我想起歌德《少年维特之烦恼》中的维特。

　　我这种感觉在后来得到了验证：小强来诊的原因为一年来失眠。他母亲描述到：他的睡眠和老年人一样，容易惊醒。小强自己则说最近在入睡前和醒来时经常出现一两分钟的肢体无力，有时和母亲睡在一起时感到肢体动弹不得，很想叫醒母亲，但就是无法活动四肢。

　　我是一个神经科医生，所以开始会想，这是否为低钾性麻痹的表现，这是一种常发生在青年人中的发作性肌肉无力，主要表现为睡眠时的四肢无力，常在冬天、饱食后发生，醒后才察觉，会持续数小时甚至更长时间，补钾即可恢复。与体内的钾离子代谢或者肾脏疾病有关，最严重的情形为不能呼吸和心脏停搏。但发作一两分钟的低钾软病还不多见。于是我开始询问他有关生活方面的细节，特别是孩子的母亲带孩子来看心理医生，而非神经科医生，而且小强的症状里还有失眠的表现。

小强说，他初一和初二的学习成绩非常好，父母给予了他充分的信任和关心，不料，上了初三后学习成绩明显下降。他还说，虽然父母没给自己多少压力，但我知道他们觉得我是考清华、北大的料子，所以我自己对自己有压力，才出现睡不着、注意力下降、学习效率不高，对成绩总是患得患失，最后连学都不想上了。

我心想，这又是一个让人心痛的例子，很多家长把上清华、北大变成自己孩子的不二选择，结果把它变成了大多数学生"不可能完成的任务"，最后连正常的生活能力也丧失了。清华、北大是莘莘学子的梦想，考上了，就是好梦成真，没考上，就变成好梦难圆。最可怕的是它变成当事人和家长的噩梦。小强的父母也是这样的家长吗？

不过也难怪现在的家长，对孩子管严了，孩子受不住挫折就寻死觅活；管松了，就生活、学习全部搭在家长身上，自己百事不管。其实，家长的态度在孩子青春期的时候已经是附加品了，即孩子的抗顿挫能力来自孩子幼年时父母照顾孩子的态度。一个接纳、理解、合适的态度能够造就一个高抗顿挫的孩子。

小强的妈妈静静地坐在儿子的身边，我问母亲她是如何养育孩子的。

母亲说，小强自幼就没有离开过母亲，母亲工作多次变迁，每次都将小强带在身边。父亲常年不在家，所以孩子和父亲的关系稍微疏远一些。不过，父亲对孩子也很好。

母子俩坐得很近。我想，从母亲的描述来看，小强的家庭应该是他很强大的一个动力来源。一般地，孩子学习成绩的改变通常与转学、升学（小学升初中，初中升高中）、同学关系处理以及早恋等因素有关。而小强在初三出现学习成绩的下降，似乎与我们以前看到的因学习而出现问题的规律不太一样。

于是我问小强是否还有其他的原因。

小强这时也变得放松一些，一改刚来时的腼腆，开始侃侃而谈。

他看了一眼母亲，说他初二时和一个女生好上了。

"好上了？"我还想确认一下。现在的小孩谈恋爱虽早，但到底是互相喜欢，还是闹着玩，可能他们自己都不清楚。

"对，就是我喜欢她，她也喜欢我，什么话都讲，而且我们并没有影响学习。"

"学习效率提高了吗？我注意到，你初二的学习成绩很好呢。"

"对，我那时脑子转得特别快，觉得全身都是劲！"

"全身都是劲？"我联想到小强最近夜间出现的全身无力的现象。

周国平在他的《我的心灵自传》中这样写道：

初中二年级的课堂上，坐在第一排的那个小男生不停地回头，去看后几排的一个大女生。大女生有一张白皙丰满的脸蛋，穿一件绿花衣服。小男生觉得她楚楚动人，一开始是不自觉地要回头去看，后来却有些故意了，甚至想要让她知道自己的情意。她真的知道了，每接触小男生的目光，就立即低下头，脸颊上泛起红晕。小男生心中得意而又甜蜜，更加放肆地用眉目传情。这个小男生就是我。那些日子里，我真好像堕入了情网一样。每天放学，我故意拖延时间，等她先出校门，然后远远地跟随她，盯着人群中的那件绿花衣服。回家后，我也始终想着她，打了无数情书的腹稿。

这样炙热的情感，带着青春期的无邪，但又是那样的不可阻挡。可以想象，这种情感如果戛然而止，或因人为干涉，或因自然分离，它的后果都可以像海啸的浪峰一样，来得汹涌，退得彻底，但再次涌上来的将是毁灭一切的灾难。

我注意了一下母亲，她并未表现出很吃惊的样子。

我问："你妈妈知道这事吗？"

小强点点头："我刚和这女生好时，就告诉了妈妈。她说充分相信我，让我自己决定。"

"那爸爸呢？"我问。

"爸爸和妈妈的态度一样。"

我顿了一下，带着赞许的目光对母子俩说："这不是很好吗？"

"她初三离开我，到另外一个城市去了！"

孩子的抗顿挫能力来自孩子幼年时父母照顾孩子的态度。一个接纳、理解、合适的态度能够造就一个高抗顿挫的孩子。

"分离反应"，在我头脑中闪出这样的字眼。与亲人的分离，离开深爱的故土，均会产生一种强烈的情感，使人忧伤和不能释怀，有时甚至影响自己的社会功能。

拜伦在题为《当初我们俩分离时》的诗歌中这样写道：

当初我们俩分离时，

默默无言泪满面，

离愁绞得心半碎——

一别将是若干年；

你的脸苍白冰凉，

你的吻冷而又冷；

真的就是那个时光，

预示了今日悲恨！

那天的黎明露水

冷冷凝在我眉头，

像预先让我体会

我这如今的感受。

你把前盟都抛弃，

你把名声也轻丢——

听人提你的名字，

连我也感到害羞。

人家当我面谈你——

听来像丧钟一阵；

我感到全身战栗——

我怎会对你钟情？

我对你了解太深——

可人家并不知道，

你给我无穷遗恨，

深得已没法相告。

我们曾幽期密约，

如今我默默哀伤，

你的心竟能忘却，

你的灵魂竟欺诳。

经过了多年离别，

你我如再次相见，

我拿什么迎接你——

默默无言泪满面。

小强终止了和那个女孩的联系，因为觉得这是一个无法开花，更无法结果的过程。

"一点联系都没有？"我问道。

"不，我和她在网上有时聊天，但两人都不提过去，更不提将来！"

小强严肃地说道，他的态度让我对他肃然起敬。

我说："你们恋爱了，这是早恋，但父母充分地相信你们，你自己也把握住自己，学习成绩没受到影响，我觉得你的父母真是好父母！你初三才出现学习成绩下降，但在我和你交谈时，我觉得你是一个表达能力很强的孩子，所以我并不认为你的学习能力有多大的问题。我现在觉得，这和你与这个女孩的分离有关系，你觉得呢？"

小强说："我现在也觉得我的情况和这件事有关，不过我一直都不去想它。"

母亲插话说："我以前也怀疑过和这事有关系，一直追问他是否和这个有关系，可儿子坚决否认，他说这件事情已经过去了，没有影响。我竟然相信了他！"

她一副痛心疾首的样子。

我对母亲说："您做得很好，没有比您可以做得更好的了。您无须自责，现在您对小强的情况可以理解一些了吗？"

母亲说："我一直和他生活在一起，从安徽到河南。几个月前，我调到了武汉，我本来也是要把他转学过来的，还来不及，这也是我没有很好地了解他思想的原因。"

又一次分离！

孩子自幼就和母亲在一起，母亲是他生活中的重要依靠。人在感情上受到挫折后本能的反应就是回到母亲的怀抱中去，而恰好母亲这时又离开了孩子，这就造成了两次打击。因此，孩子会出现无力感，这种无力感是心理上无助感的表现，就像遭到重大刺激后的动物"冻结"反应一样——呆住了，失去反应能力了。

我对母亲说：把孩子接回你身边吧，那样他就会好很多。母亲用力地点头道："我正要这样做。"我接着对小强说："美好的感情难道不该让它保存在我们的心中吗？你们把握得不错，相信你们在聊天时谈谈感情，谈谈学习，而不是谈是否结婚、生孩子，为什么不行呢？"

小强笑了，他母亲也笑了。

临走前，小强抬起头，看着我，说："谢谢医生！"

我听出了话语中的自信。

轻于鸿毛的养育之累

　　朋友送给我4只鸽子，说是送给我回去炖鸽子汤吃。我发现是4只信鸽，不忍心杀掉，送给父母去养。正好两只公鸽，两只母鸽，分别将一公一母装在两个鸽笼里，每天听着低沉的咕咕声，它们竟然成了两对情侣。关了一段时间，知道自己回笼了，因为每次只放两只公鸽，有母鸽在笼，公鸽每次都会准确无误地飞回来。再过一段时间，它们竟然先后各产两枚蛋。于是，漫长的孵蛋过程开始了，我们看着不禁感慨万千：每天公鸽、母鸽不分昼夜地孵着鸽蛋，公鸽出去散心，母鸽孵着，换母鸽出去玩玩（现在母鸽也知道回窝了），公鸽孵着。冬天，气温可达0摄氏度，它们一动不动地窝在那儿，1天、2天、10天、11天……第14天时，两边的鸽蛋各有一枚开始出现裂纹，一共需要19天，小鸽子就会孵化出壳。母鸽子在第15天时飞出去再也没有飞回来，第16天、第17天，公鸽子一动不动地窝在蛋上，努力地孵着。第17天——离小鸽子孵化成熟还有2天的时间，公鸽子扑地一下飞走了，可怜的4枚蛋，两枚已破裂，小鸽子已露出身子，而另外两枚也有明显的裂纹。

母鸽为何飞走不归？我们的假设是母鸽飞走那天刮大风，迷路或者被人抓了，它们是否会对即将到来的养育责任做出逃避的决定？

养孩子是世界上最辛苦的事情，理由之一是以前食物匮乏的时期，需要足够的食物来养活孩子。很长一段时间里，人类由于缺乏有效的避孕措施，所以不管食物多么匮乏，孩子都会一个接一个地生出来。于是，寻找一个帮助自己获得食物的伴侣就成为重要的任务，而办法就是使伴侣相信，这个孩子是他的。

动物界的叶猴有一种残忍的现象，那就是猴王在每数十个月后经过决斗重新产生。每次新官上任，猴王所做的一件事就是杀掉母猴正在喂奶的小猴，因为它需要保证自己的孩子留下来，它所获得的食物要留给自己的孩子。而母猴每每趁猴王不注意的时候就溜出去和其他公猴交配。难道母猴这么花心吗？美国人类学家苏斯经过研究发现，每次母猴溜出去与其他公猴交配的频率增加之时，正是它们怀孕的时候。这就是说，它们在有意地欺骗其他在下一轮决斗中可能成为猴王的任何公猴，这样做的原因不是花心，而是在于它们要尽量避免幼猴惨遭毒手，因为它们营造出这样的假象：你可能才是这个幼猴真正的父亲！

　　早期对人类而言，养育的另一个矛盾在于，养育时间过长，不利于繁衍。怀孕10月，因为食物短缺，哺乳期可长达3～4年，哺乳也是比较原始的避孕措施。这样，可开始生育的女性，从15岁计算到35岁，生孩子的机会可能只有4次。在繁衍、存活之间要做出妥协，"公共父亲"于是成为一种合理的选择（见肉唐僧著《被劫持的私生活》），即只要你是一名成年男性，你就有作为父亲的责任。公共父亲的现象其实见于一些母系社会中，比如摩梭族的走婚，只有舅舅和儿子，没有爷爷和父亲，走婚的阿祖相当于一个父亲的角色，他可以长期住在伴侣的家里，承担着照顾家庭的作用，但也随时可以离开。数年前，我随德国专家海克勒先生多次深访泸沽湖的摩梭族村庄，见到的阿祖有时比真正的婚姻关系还持久。

　　当然，除了承担责任以外，男人还要克服自己的嫉妒心，允许女人有一个以上的男人。电影《布达佩斯之恋》就讲述了两个男人和一个女人之间和平共处的故事。在电影《海角七号》里，其中的一个角色喜欢一个有3个孩子、有丈夫的老板娘，别人笑他劝他时，他却不以为意。

从深层心理上来讲，2男1女或2女1男的分享关系在家庭模式中比比皆是，父亲—儿子—母亲或父亲—女儿—母亲，在孩子内心的体验上，他们必须克服嫉妒的痛苦才能获得父母双方的爱。

如果说，公共父亲产生的原因在于食物短缺、养育孩子不易的话，到了现在食物并不短缺的年代，女权意识的增强，养育要求双方有类似的付出，男性同样要承担相对应的责任。其实，养育孩子是一个特别琐碎、特别需要耐心的过程，越来越多的产后抑郁症的出现，也说明从怀孕到养育对于女性来说，的确是一个高度的应激状况。需要男性更多地参与和关注。现代客体关系理论证明，哪怕刚出生的孩子，他们对于养育者的态度特别敏感，一个不被寄于希望的孩子、一个被疏于照顾的孩子、一个被粗暴对待的孩子，其存活率低，活下来的质量也高不到哪儿去。

动物靠本能行动，我相信母鸽子是被人抓住吃了，没法回来，而公鸽子2天的孵蛋行为也可能是它本能的极限了。几天后，我们给这只公鸽子又配了一只母鸽子。昨天，从家里传来消息，母鸽子又下了一枚蛋。

于　深圳

寄长情

不思量，自难忘

船、江与父亲

　　武汉由长江和汉水穿城而过，分割为汉口、汉阳和武昌。以前，长江上没有大桥，海外来的船可以一直从上海经过武汉上行至重庆，一百年前由英国人在武汉建立了海关，俗称武汉关，再后来，武汉长江大桥、南京长江大桥、三峡大坝的建成，万吨巨轮就只能止于中下游了。

　　武汉关现在仍是海关所在地。据说大楼是糯米黏和泥石建成的四方形大楼，极其坚硬扎实。其上耸立起十几米的钟楼，钟楼四面安放上带定时鸣响的英国大笨钟，成为汉口的标志。

　　小时候，我家就在武汉关附近的江边，走路十分钟可到，看到它觉得高耸入云，周围没有比它更高的建筑，加上钟声悠长洪亮，夜里可传十余千米，甚是震撼。后来，在长江上建了第一座长江大桥，能通火车，晚上就在通过大桥敲击铁轨的火车咣当声和武汉关钟声的伴随下进入梦乡，钟声的乐曲是东方红，在静静的夜里，它穿透我的梦让我身体一直往上漂浮……

我父亲是船员，不经常在家，倒是我经常有上船的机会，汉口有个奇特的现象，就是夏天六渡桥以南没蚊子，我的家在江边，虽然家里没蚊子，但武汉那时家家没空调，夜里搬到街上摆竹床睡觉就成为一道独特的街景。

我们住长航宿舍楼房，夜里就搬竹床到楼顶睡觉，夏夜里气温变得凉飕飕的，要盖被子。半夜醒来，隔壁邻居鼾声此起彼伏，夜凉如水，竹床边缘可以摸到露珠，天空布满繁星，向北望去，沿着勺子状的几颗星找，往往能找到最亮的北斗星。

睡前听邻居家的老人讲故事，多半是一双绣花鞋、画皮之类的鬼故事。父亲难得回来一趟，一天，他睡在我身边讲起一件让我佩服不已的事情。那时他在开长江的供给船，白天四处给停在江中间抛锚的大船提供给养，晚上就在船上睡。一天晚上醒来，他感到四周湿漉漉的，头顶着一个重物，敲上去很硬，笃笃闷响，他发现自己在江中的船底，便慢慢用手扒拉船底钻了出来，一看还是在船舷旁，于是悄悄爬上去回到自己房间，换好衣服睡到天亮，谁也没惊动。我听完有一种犹如一个英雄完成一项壮举归来的感觉，儿子需要这样一个英雄形象的父亲，他是能带来惊喜、力量和创造奇迹的父亲（后来知道父亲晚餐喝了酒，半夜起来吐，不小心滑入江中）。

再后来，父亲当了船长，开上了万吨巨轮，记得名字叫"钢铁七十九号"，是从英国进口的大货轮，平时它像航空母舰一样停在江中间，放假了我便一个人待以船上玩。船在就地检修，大人们都很忙，十岁左右的我便一个人到船后面的机舱去探险，那是一个四层楼高，由复杂管道、阀门和躺在船底像一头巨大恐龙的轮轴组成的机器世界。检修工人当时放假，四处寂静，只有我喜欢的机油味、滴水声以及某种神秘的嗡嗡声。

有时我吓得往回跑，又进入一条狭长黑暗的甬道，一个矮矮的黑影站在远处，看得见眸子在暗处发出的荧光，我认出那是父亲捡来的一只中华田园犬叫克西。亚克西原本是新疆的语言，听上去很洋气，但克西在武汉话里是"傻瓜"的意思。我叫了一声"克西"，它冲过来热情地舔我，舔得手里黏糊糊的。

武汉人吹牛的资本，一个是你有没有从停在岸边的外国轮船船头跳进过长江（高度犹如现在的蹦极），还要玩花样动作往下跳，总有小伙子沿着抛锚的铁链爬上船头，然后站在船尖，往十几米甚至几十米的江面跳下，引起岸边小伙伴们羡慕的目光和阵阵喝彩。

另一个吹牛的资本就是你是否横渡过长江，自毛主席游长江后，武汉每年在7月16日这天组织横渡长江活动。我小学四年级起就被挑中参加，前后横渡了六次长江。记得那时我身材瘦小，横渡长江那天，父亲凌晨3点就起床在厨房叮叮咣咣一番，然后叫我起来，给我端来一碗红烧肉，差不多是全家半个月的肉量（那时全家每月只供斤把肉票），那是我吃得最香的肉。以后，每当生活遇到困难，这碗肉的样子和香味，还有父亲在一旁得意的表情就会浮现。

父亲去世快十年了，是为记！

墓地与隔离

我又被隔离了，这次被送到扁担山附近，工作人员是个小伙子。我用普通话问他住哪儿，他说这次住扁担山，我问他是不是武汉人，他说是，我说那你还说送我住扁担山，我哥们几个月前住那儿去了，你也不忌讳一下？他讪讪地不说话了。

扁担山、六角亭是武汉人都熟悉的地名，前者诅咒你死——送去扁担山，后者诅咒你疯——送你去六角亭。早年武汉就这几个地方，玩民众乐园去六渡桥，坐轮渡到武昌去四官殿，做小生意打货去汉正街，想玩水看梅花去东湖，拜佛求财保平安去归元寺，横渡长江去汉阳门。哪个要是说去扁担山，就不是好事。

扁担山在汉阳西侧，以前觉得很远，是心理上的远，因为人死了送到那儿就好像去了另一个世界，仿佛永远不再见了。

几个月前，高中好友平平心梗去世，我第一次来到扁担山，开车从市中心过来也就二三十分钟，觉得平平并没有离我们很远，但友人一句话打动了我，地下的孤独才是真正的孤独——人间孤独限于此生，地下孤独遥远无边啊！

这次隔离是晚上过去，我还不辨方位，早上起来看到对面的小山包，知道自己和平平住得不远。看着小山包和中间一条蜿蜒的阶梯，心想，散步其中的人会有什么样的感觉？

我有逛菜场的癖好，各式的生鲜、瓜果、蔬菜、活鱼、活鸡、活鸭和迷人的辣椒、花椒、迷迭香、芷兰，还有熟食、卤猪蹄、卤大肠、卤藕、卤花生，尤其美味的是卤猪头，撩人地瞧着你笑。

我都不好意思说自己有逛墓地的习惯，先看生死年份计算谁最长寿，比如活到八十岁以上，墓碑上大多是"考妣""儿孙满堂"。如果十岁以下夭折的，墓碑常常疏于打理，父母看来也是伤透了心，很少来看，据说孩子早于父母去逝，父母是不能看望死者的。逝者二三十岁者，墓碑上照片青春靓丽的样子，总不免让人惋惜一番，碑前总有鲜花，也干净清洁，看来是有人经常来打理的。再看碑文，有的洋洋洒洒把人生写得丰富生动，不枉来世上走一遭；有的寥寥几个字，仿佛其就是个词拙之人；有的就没写字，一块无字碑，让人浮想联翩。

害怕死人和墓地可能是很多人的心理，阴阳两隔，生死两茫茫，而且墓地都建得离市区很远，远到只有清明节才会去一趟。在德国留学时，德国人管墓地不叫墓地，叫安息地，记得一个德国友人买了新房请我去喝酒，那是一座已经建了几十年的老房子，他装修后高高兴兴地住了进去，我们在院子里聊天时，对面大墙背后很多大鸟聒噪不休，浓密的参天大树直耸云天，我说那么有灵气，是啥地方，他说，安息地。我当晚就睡得不安稳，老觉得冷，第二天就找理由提前离开了，现在想来真是辜负别人的好意啊。

算命先生说家里老人身体不好，提前去看墓地、买墓地可以延长老人寿命，给老人买墓地，算是一种孝顺。但对平平这种猝不及防的分离总让人觉得人生无常。

20世纪80年代初，岳父年四十出头去德国读博士，和德国同龄的哈同医生成为终身挚友，他们的友谊持续了30多年，10年前岳父去世后一年，我去了哈同教授家，那时他已七十有四。我们坐在花园里喝茶，他说，我每年去中国1～2次，从50多岁跑到70多岁，一天，我意识到我老了，跑不动了，我和你岳父在武汉同济医院外面酒店旁的街头告别，那时，我俩都知道这是我们最后一次见面，两个老男人在熙熙攘攘的街头抱头大哭，路人皆侧目。后来我再没能见到他！

说罢，哈同教授抖抖瑟瑟地拿出手绢擦拭眼睛，我俩不看对方，沉默很久，没再说话。

我没想到会被送到扁担山旁的酒店隔离，但来后想想平平在不远的地方，很亲切的感觉，又想到很多去世的亲人，看到外面铲车上上下下忙着装卸，顿时感到生活在继续，而逝者永生！

告别子勋

子勋离开了。

早知道他身体不好，但我心里还是很痛惜。

和子勋认识是在中德班，他是一期的学员，家庭组的，但他对精神分析、哲学社会学的研究都很有造诣，并且有自己独到的见解。每次见面，都能看到他那标志性的永恒少年的笑容。

2016年，德中心理治疗研究院成立20周年，子勋的身体已经处于长期静养状态，但还是赶来武汉。他发言那天，我要出差，我敲开他的房间和他打招呼告别，谁知这竟是最后一别。

记得房门打开时，他背对窗户，光线从他背后照出整个轮廓，他微笑着站在那里……

我不由得想到荣格的阴影，子勋是生活在自己的疾病的阴影之下，想必有很多由此产生的体验去用于治疗别人。一个总是很温和，带着微笑说出箴言的人，内心该是对人性的阴影有多深的体验啊。

记忆退回到2006年前后，我和奇峰、子勋因为一些合作经常见面，那时他已经是中央电视台《心理访谈》的常驻专家。他告诉我们，他已经离开医院，他就是要做让大众了解心理治疗真正是什么样子的事情，那时他已经在做电台、电视、出版和培训，我很好奇他的培训重点是后现代，这个转变是如何来的？

当时美国的安德森女士在国内讲后现代家庭治疗，我也请她到武汉讲过几次。从结构到解构，从正常到重症。在我看来，解构需要丰富的知识积淀，解构似乎是宇宙中的星星，散乱、明亮并且能够被看见。子勋后期讲解构，也许最能符合他内心浪漫的特点吧。

记得安德森讲课时提到，后现代的治疗来源之一为患有严重精神疾病的家庭，所以解构的态度不仅仅是对神经症水平的病人，更可以用来理解精神病状态的家庭。我想，子勋对后现代感兴趣，也在于他的名气，使得很多病情很重的人和家庭找他咨询，可能也有他自己反复发作的疾病带来的感受吧。

现在，子勋离开了。

他摆脱了身体的痛苦，留下了微笑和很多温和的记忆。

温和是我们这个时代的稀缺品。如前所述，温和的人可能对人性有很深的体验。在内心中，它源于一种对众生的深深的慈悲感。

所以现在，不是我们悼念子勋，而是子勋在天上笑着看着我们，而我们，还要继续活下去。

那些猝不及防的分离

我们的世界由我们的自恋所构成，我们一直认为世界的中心是我们，这种神话延伸开来，构成了我们活下来的很多信念，比如长生不老和长生不死的信念。

平平在高中时的绰号叫电子琴，至今都不知道这个绰号怎么来的，谁起的。当时是1979年，电子琴还是一种神秘和奢侈的乐器，可以模拟很多乐器发声。

华师一附中是武汉最好的中学（至今仍是），大家都埋头学习，教室里安安静静的，每当喧哗起来时，我就知道平平又在搞事了，通常都是给大家带来欢乐的事情，打破当时沉闷的气氛给大家带来了轻松和欢乐，这可能是平平被称为电子琴的原因，电子琴代表了多元、乐观和积极。这对当时一进学校就被同学们无与伦比的优秀闷棍击昏的我尤其具有励志的作用。

平平个子不高，总是笑呵呵的，每次居高临下地抱他都特别自信，因为总算有种欺负人的感觉了！嘻嘻哈哈的平平学习一点不费力，高考随便高出我们几十分考到广州中山医科大学（现为中山大学中山医学院）去了。6年后回到武汉，就职于武汉同济医院皮肤科，那时我还在读博士，等我博士读完他已经结婚了。他是医院共青团委的积极分子，我参加了他在医院为年轻人举办的集体婚礼，在欢快、热闹、喜庆的气氛中，大家都喜欢打趣平平，因为他最好玩，经逗。他的妻子比他高一个头，当时他依偎在妻子腋下故作扭捏，十分开心，大家也笑得前俯后仰。

平平早年丧父，大学时丧母，有两个姐姐，他母亲去世前我去过他家，他母亲很和善，我们在他家几乎没有顾忌。

在专业上，平平是个有天分的好医生，临床对他而言是一个随手拈来的亲戚一样，不避讳，不嫌弃，亲近疾病，亲近病人。一次我皮肤上长了东西找他看，他凑过来就用手去捏那个病变的地方，还凑近去闻，然后马上说出诊断。

平平好搓麻将，妻子怀孕肚子很大时会用自行车送她。一次遇到我，马上把车子往我手上一送，说"交给你了"。我推着也是我朋友的他的老婆，感受着平平对我的信任和他对麻将的热爱。我们的交往从15岁到56岁凡四十余年，我没有在麻将上赢过平平。

平平的朋友特别多，他延续着电子琴的特点，热情、多元和乐观，他的朋友有医生、很多广州生意场上的朋友和各路同学，他说在大学期间因家境清寒，就认识了很多社会上的朋友，他很早就经济独立，补贴家用。

平平把他的发妻变成前妻后很多年，当前妻的父亲和弟弟有困难时他都出手帮忙。一次聊天时，他说，岳父去世，她居然不把我的名字写在他们家人名单里。他的眼里满是委屈和失落，那时他们已经离婚很多年了。

平平好美食，我们聚餐、聊天他每场必到，大家对他的参与充满期待，似乎他来就能带来快乐、趣事和生命力。

这样一个人，我们都期望能一起养老的，谁知命运跟他和大家一起开了一个玩笑。他那天做完两台手术回到家，倒下后就再没醒来，我们从此失去了我们的"电子琴"。

我们如何定义分离，就会被分离如何定义。

一个坐在平平前座的同学悲切地说，5年前我失去了我的同桌，5年后失去了我的后座，这世界怎么啦？

这其实在提醒着，我们已经进入一个分离和失去高频发生的年龄了，我们要各自保重和安好！

对于平平来说，他也许走得耍拉（武汉话麻利的意思），没有痛苦，对于他的同学和朋友来说，就是神话一个个被打破的过程……快乐的人也会随时离开我们，并且奇迹不会发生，某次相见可能是最后一次见面。

平平的离开唤醒了我们过往微妙而青涩的少年、油腻而一地鸡毛的中年、孤独而寂寞的老年，那些时光长廊中极富画面感和情感的回忆，那些年一起共度的时光扑面而来，裹挟着猝不及防的悲伤、温暖、快乐和力量。归纳起来，平平最令人着迷的是他的真实、鲜活、善良与乐于助人的品性，这其实是我们每个想念他的人自我内在需要。

平平，明天你就要真的离开，今夜，我们一起来陪你！

2021.7.20　返武汉飞机途中泪笔

老友记——纪念钱老师

钱老师走了，距离上次见到钱老师也已经十年有余，有些人在街头的偶遇，可能就是人生的最后一次遇见。

钱老师是我们的德语老师，我们在1981年刚入校校就进的是德语班，头一年需要学习德语会话和德语基础语法，钱老师是俄语专业毕业，后自学德语，1963年开始担任医学德语医学班高年级教学，是资深的德语教学老师。钱老师是无锡人，微胖不高的身材，走路迈的步子很大，还有点发横，虽然个子不高，但他走过来时像将军，你无法忽视他，老远就能够认出来。他戴着眼镜，说话时眯缝着眼睛，常喜欢清喉咙，并带着浓浓的下江人口音，发音短促有顿挫，听起来别有一番风味。钱老师教学时非常认真执着，他不断地重复着音节、短句，催促我们熟悉对话语式。那段时间，脑中回荡的就是钱老师特有的表情和声音，我们的德语基础就是被钱老师给夯实的。

那时的老师认真、尽责，追在学生后面教，那时的学生也没有现在这么自我，但也调皮，话说三遍是闲言，何况是枯燥的德语基础课，所以我们也经常心猿意马，天马行空，但钱老师总是笑眯眯地拉住缰绳，温和地和你讲话，弄得你不好意思不学。

1984年，德国前总理科尔访问武汉医学院（当时大学的名字），钱老师负责接待，介绍德语班。科尔身高达1.9米，钱老师估计在1.68米左右，在那种大型官方场合，钱老师说话有点结巴，但声音很大，很有激情，科尔也一把搂住钱老师，开心地笑起来，大家都很开心。德国人在武汉医学院找到了某种认同，德语就是桥梁，钱老师在这次外交场合中像牧马人一样，拉着友谊的缰绳，松弛有度，有理有节。

毕业很多年后我成为神经科医生，一次在看门诊时，钱老师身子一撇进得屋来，他凑近我说，施医生，您看看我眼皮是否耷拉下来了，他们说我得了重症肌无力。这是一种肌肉疾病，具有晨轻暮重的特点，常累及眼部肌肉，现在突然明白钱老师走路有点横的原因了，他如果确诊是重症肌无力，又不是那么严重的话，疲劳时，上眼睑耷拉下来会遮住视线，于是他就得把头抬高一些，这样看路、看人可以清楚一些，不过，这样一来，就显得他很高傲。最后钱老师也没再来，也不清楚他最后的诊断。有时钱老师在路上遇见我们，不谈自己的疾病，总是从上一级德语班的同学开始谈，谁在慕尼黑，谁在瑞士，谁在海德堡，如数家珍，不仅知道每个学生的情况，连他们的家属、孩子、工作甚至父母的情况都略知一二。我觉得钱老师是把学生当成了他的孩子，尽管这些孩子不经常去看他，但据我所知，海外回来的学生一定有一站是去拜访钱老师。

2011年纪念进校30年，我们又请来了各位大学老师，钱老师那时仍然健谈，见到每个学生都叫得出名字，很激动，有些学生毕业后他就没见过，但仍然记得他们的过往，他被邀请上台发言，钱老师依然是那么温和，甚至有些腼腆，他注视学生时的喜爱之情我们仍然可以感觉得到。

古曰为师有三——传道、授业、解惑，钱老师和老一辈的老师有类似的特点，就是传道执着热情，授业认真偏执，解惑不厌其烦，再加上发自内心爱护和喜欢学生而不看贫富，不问家世。1981年，刚改革开放，十一届三中全会后，社会风气初开，环境逐渐宽松，但经济的压力、文化的禁锢以及家庭的各种矛盾，使得很多学生既留有青春的懵懂，又缺少社会经验，对爱的体验是不足的，来到大城市，不仅有了接触学习新知识的机会，结交了许多同龄的朋友、同学，但从权威般存在的老师那里获得慈父般的感觉，简直就是奢望和意外！

荣格把男性中的女性特质称为阿尼玛，即一个男人要成为真正的男人，不是秀肌肉，而是要有类似于女性般的细腻、耐心和宽容。

有人问子思，孔子、曾子哪个好？子思说，曾子是那满山开遍的花，孔子则是吹过的春风。

与钱老师交往，给人的感觉，就是如沐春风啊！

钱老师，我们很想您！

好玩、坏笑和有很多癖好的老雷

老雷是我医学院的学长，老家罗田，嗜烟酒，好哈天，早年认识他是因为心理学，他曾任武汉中德心理医院院长，我和他有很多业务合作，但更多的是一起喝酒吹牛。

20年前，清江还是一块未开发的处女地，我们一行人开车去那儿，从清江水库顺流而上，夜宿清江的一个村子。夜里，野外萤火点点，底下就是清江，清水潺潺，星光点点，大家点起了篝火，那时，心理治疗不赚钱，15元一次，大家不是精神科医生就是心理医生，物质贫乏，但精神活跃，当地长在悬崖峭壁上的黑山羊75元一头，帮你杀好，大家的晚餐就是它了。没有大锅，老雷和我盯上了一个生铁井窖盖子，上面锈迹斑斑，井里面看上去杂草丛生，发出一种古怪的气味，我们顾不了那么多，把盖子冲洗干净，架放在火上烤热，既消毒，又变成了一个烧烤盘，把切好的羊肉放上去。很快，空气中就散发出带奶香的肉味，老雷索性脱掉上衣，黝黑的皮肤和咧开的大嘴在火光中定格，成为豪横和快意恩仇的具象。

老雷后来去了南方，期间回了一次武汉，见面、喝酒、聊天，就再没有后来了。

一个人即便见面不多，也没有深交，他能够以什么方式进入你的内心并一直念念不忘呢？

早年意气风发时我看过面神经瘫痪的病人，开几服药后他很快好转了，一个老师说，你治得太快了，以后我们都没病人了！当时我很生气，难道病人不应该治得又快又好吗？时间过去这么多年，这位老师早已作古，我再细品他的话语，有了不一样的体会。疾病的转归不一定是医生的板眼，有时疾病本身就有自限性，因此，有的疾病需要观察，让它自己好转而无须人为治疗，过强干预更符合身体自身的规律，这可能是这位老医者的经验，他其实是在向我传授他的见识。

老雷和我参加督导时，他经常会说不知道，而我回答问题则事无巨细。老雷笑着说，他什么事都晓得。我当时觉得老雷对我很佩服，因为我对问题的回答没毛病。

老雷毕业后下过海，去东北倒腾了几年珠宝、玉石，对于玉石的鉴别有心得，其中有很多水分很大，老雷能喝善饮的能耐和早年的经历无不相关，不回答、回答一半、回答不知道或者沉默都是沟通的方式，这也很符合精神分析，就是你作为一种镜子的存在，让病人照见自己。

其实，我们的知识分三种，第一种是常识，这是父母和学校老师在孩子成长过程中要教孩子的，待人接物，敬老爱幼，春华秋实，日出而作，日落而息等，在千字文、三字经，甚至包括严肃的四书五经中都可以找到常识的身影，很多人读至博士，但常识不如三岁孩童，巨婴其实就是缺乏基本成人社会的常识的一种。第二种即我们最熟悉的从小学到大的各种书本知识。第三种则称为见识，如果单词knowledge是知识的翻译，那么knowing就可以理解为见识，它是一种学习知识，知道理解知识过程中的领悟性体验，就像外科医生做手术的感觉一样，仅凭读一本外科书是当不了外科医生的。所谓直男，可能就是掌握了书本知识，机械运用，但缺乏见识，不懂人情世故，也缺乏复杂情感体验的人群，而这需要在成长过程中，父母和孩子做很多无用之用的互动，比如闲聊，重复讲看上去幼稚的童话，认真和孩子玩游戏。

老雷走南闯北，懂很多常识，又博览群书，懂很多知识，睿智如长者提携后人，向他们传递他的见识，是一个值得一交的男人。

今天是老雷的祭日，是为记。

2022.9.18　于青果巷

之琴与友

一位多年没联系的同学，因为我们都进了一个文艺群，就这样联系上了。

以前我是学校文艺部负责人，他拉小提琴，是一个谨小慎微的人。

一天我在朋友圈里看到他在卖小提琴，一把在美国淘到的德国琴，他亲自修理调试，在网上照片里看很是不错，我讨价还价一番，把它收入囊中。

过了几天，他发来一段文字：老同学，那个琴弓是单卖的。

我问了价格，压了一半，买了。

又过了几天，他发来一段文字：琴盒也是单卖的。

我又问了价格，压了一半，又买了。

再过了几天，他又发来一段文字：琴弦单卖。

我问了价格，还压一半，买！

再过一天，他说：说明书是单卖的。

我说：自己拉琴，不要说明书。

他忍了，没再说啥。

当晚他回道：如果我是你，我会买的，因为这是古董琴啊！

我没回复。

第二天，他发来一段文字：老同学，琴弓我不能卖给你啦！我当晚回去拉琴，舍不得这把琴啊。我拉一会儿，在灯下瞧一回，摸几下，突然我看到在你要的琴弓背面有一行小字"TOURTE"，这把弓我不能卖给你啦！你再想一想吧，我可以告诉你的是，TOURTE弓能看到的价格是8000~60000美元。

骇人！

我说：我款付了，原则上这把琴以及其他一切都属于我啦，你应该找我买回去。

他说：真的不能卖啊。

我说：那就退款吧，我们还是做同学吧，我也不对其他人说这事，就当没发生过。

他说：别急嘛，你再想想，这把琴我真是想为你留下一件藏品，这把弓我自己想留下。我已经收藏有90把弓，我专门为你挑一把，如何？

能听出他的哭腔，我没理。

过了一会儿，我想，他这多年小心谨慎的性格根本没变啊，那种实诚和惊人的真实也没变。他本可以不告诉我偷偷换掉那把弓的啊！

想到这，我对他说：送琴弦！送说明书！送琴弓！就不许再变啦！

而今老少不欺的人，才是稀缺珍品。

距我和老冯买亚运彩票，已经三十年整了

我早年在北京读博士，老冯是我同级校友，在校期间来往不多，来京后混到了一起。

主要是大家彼时都是"单身狗"，聊女人、聊足球、聊吃喝、聊人生。当时大家都没钱，亚运会前发行很多福利彩票，老冯自己的钱买完了，再用我不多的生活费去买，最后捧回一堆丝光袜子、牙刷、牙膏。

两人坐街旁发呆，因为下一餐没着落。

老冯最喜欢做饭做菜，周末我直奔老冯的单身宿舍，买菜、做饭、洗碗，全是他一人动手，我只管吃，然后夸几句：好吃，好吃！

大白菜加醋加辣椒——醋熘白菜。

但那时真觉得好吃，主要是感觉可餐。现在想来那会儿真的是像恋爱一样。

老冯经常相亲，回来就说看不上，久而久之我就觉得，天下没有配得上老冯的女人了，他基本上恋的是天仙。

我课题做完要回武汉，那时可以进站送客，火车开时，他跟着火车跑了几步，挥挥手，然后用手揉了揉眼睛……

当时老冯在国家机关工作，要是不走，现在少说二环内有几套房，但他每天拿着一本《汉英大词典》背诵，硬是每天一页页地翻阅、默读，终于考到美国去了。

此后我们好多年没有联系。

一天我接到一个神秘电话，是老冯打来的。他说在美国当了医生，已经成家立业，娶妻生子。他说我是心理医生，能否帮他戒赌瘾。他收入不错，但每月要偷偷去赌场堵一把，输赢都有，但他十分苦恼，怕影响家庭生活。

我了解了情况，老冯在美国有行医执照，但要有一份工作，必须到稍微偏远的医院工作。多偏远呢？位于大雪半人高的落基山脉。

他说，他家人冬天时晚上不出门，早上起来，外面有熊爪子的痕迹，偏远医院的病人很多都是美国朴实的劳苦大众，讲着地方方言，老投诉老冯，说听不懂他讲的啥。

老冯也苦恼，他也听不懂他们讲的啥！

现在想必老冯都能说一口hiphop了吧，可当初每天早上起床时，他在澡堂冲上一个小时，唉，又要上班了！

我对老冯说：这不就是抑郁了吗？小赌怡情啊！

后来我去美国看老冯，他度过了那段艰难时光，没有再赌。

我说，我带你去拉斯维加斯吧！

我们进门找到桌子，老冯驾轻就熟，不到一小时，他赢了700美元。

我说，走吧，赶飞机。

他把我送到机场，我飞了十几个小时回中国，给老冯打电话，问他是否到家。

老冯说，送完我一阵郁闷，一转方向盘，再次奔向拉斯维加斯，除了手上赢的700美元外，又多输了1000美元。

距我和老冯买亚运彩票，已经30年整了。

大家还活着，身体还健康，还有联系，约好8月在美国圣巴巴拉见。

生活真美好，是为记！

毛头恋爱的球，倒是射得又刁又准

毛头是一个矮胖子，走路时一晃一摇的，像一只企鹅，眼睛很大，嘴唇很厚。

让我想到婴儿有一个社交功能能够吸引人，头比身子大，眼睛比脸大，毛头就是这样的比例。

虽然这样的身段，我们却同属校足球队。1986年卫生系统举办高校足球比赛，出发前，大家都铆足了劲，要拿全国卫生系统高校前三。第一轮，被踢出前四，我们下决心拿前八；第二轮，被踢出前八。

教练召集我们开会，说大家可能没放开，想拿前几名，现在还有啥放不开呢？至少进一球啊！

那时毛头虽胖，但还是个灵活的胖子，那时的我苗条得像风一样，满场飞，不像现在这样几个人都撞不倒，也跑不动。那时我在场上飞奔，就是拿不到球，也进不了球。记得华西队的几个队员打得很凶，最后他们进了前三，我们还剩一场球，看谁不押尾。

教练又召集我们开会，说：现在还有个斑马地么事放不开呢？个老子地，进一球撒！（意为放开手脚、努力加油。）

人一急，武汉粗话就出来了。

果真，最后进了一球，卫生系统共13队，我们拿了第二名！倒数第二！

打完球，大家都垂头丧气。

当时在济南打球，去了一趟大明湖。

晚上和毛头吃面，我要了很多大蒜剥来吃，生辣生辣的，不禁一下吃了三大碗加一堆生蒜。毛头说他爱上了一个低年级的女孩，那女孩常年穿一袭白色连衣裙，鼻高、肤白、眼凹、腿细。毛头不认识她，不知道怎么接近，经过观察，发现她似乎有男朋友，心里那个急啊！

那晚在济南的夏天，天气在晚上逐渐凉了下来，远处的槐树下，有几个小年轻在弹吉他，唱的是当年深圳歌手周峰翻唱的《梨花又开放》。

没有输球的沮丧，远处的歌声、夏季晚上的蝉鸣声，和蒜面下肚后的山东感觉，构成了那晚的景象。多年后回忆起这一幕，仿佛一切都有定数。

临近毕业，除了想谈一个女友，毛头把全部精力放在申请出国留学上。

一天，毛头尾随心中的女神回了家，撇身进门，对女神惊愕的父母做了自我介绍，说是和女孩同一所大学的学生，马上毕业，要去美国留学，因倾慕其女气质典雅，故唐突上门自荐为婿。

女方因毛头经常盯着自己看，知道他是本校的，故确认其语不假。

其父为知识分子，见此情况并未阵脚大乱，沉吟片刻，邀请毛头进书房单独一谈。末了，他告诉毛头，今天让你进屋并且和你一谈，基本上是默认了你和我女儿的关系。也就是说，你和我女儿的关系，是得到我们父母的祝福的，希望你今后要珍惜她。

此后，毛头抬头进出成双，低头苦备托福GRE，终于抱得美人归，并申请到美国某大学的研究生资格。

多年后他回来，说自己在美国当教授，查房时后面跟着一堆人，家里买了一个农场养养马，妻子在美国当儿科医生，生了两个孩子。白雪公主和白马王子从此过上了幸福的生活。

正值俄罗斯世界杯阶段，看到德国队老不进球，不禁想起了毛头。虽然我们踢的球没进，他恋爱的球，倒是射得又刁又准。

是为记！

古来文青多寂寞，愤青眼里皆沙子

米娅是我的大学同学。

当时的德语班每年招收四十几人，她和我分在一个小组，学号连着，所以无论做什么练习都很容易排到一起。

德语中做两人练习，有一段：我爱你，你爱我吗？

虽然是德语练习，两人讲着讲着，都红了脸。

她会拉手风琴。每次校乐队演奏时，她衣着华丽地坐在前排伴奏，我坐在后排吹小号。

她的打扮靓丽，我的声音吵人。那个时候，大家都穿一身蓝，不修边幅时，她已经懂得如何去打扮自己，特别是在重要时刻。

毕业时，她穿了一袭花裙子来，自己找了第一排靠中间的位置坐下，优雅地跷起二郎腿，咔嚓！

看这张毕业照好多年来，第一眼就直奔米娅。

毕业20年，米娅音讯全无。

再见面，她已经是纽约某医院精神科医生，生了两个孩子。在纽约的机场，她来接我，开着大号路虎。

她乐呵呵地说着她的生活，在费城完成培训，在纽约结婚生子，每天上班和不同的医生交流各自的病人，话语间还接了一个病人的咨询电话。到华人街吃饭后，她说：这是我做足疗的地方，每次腰酸背痛我就来此按摩一下，很舒服的。

这和当初对视都会红脸的米娅已经判若两人，现在的她有生活阅历、自信，而且对人仍然真诚和充满期待。

有一次米娅发来一个校友的不幸消息，问我是否能作为心理医生帮上忙。但当校友群有更多因心理问题而来联络我的人的时候，她发表了一封措辞强硬的信，说明我不是大家的专职心理医生。在班级群中因观点不合，米娅愤而退群。

我觉得米娅看上去是一个愤青，骨子里其实是一枚资深文青。

古来文青多寂寞，愤青眼里皆沙子。

也许，从事精神卫生工作，和心理有创伤的人一起工作，才使得米娅找到同类吧。当年米娅的行为就有点离经叛道，她和哲学老师恋爱了，两人年纪相差很多。哲学老师也是一个愤青，米娅其实骨子里是一个文青。

一般来说，文青可以变成愤青，愤青绝不可能变成文青。文青的愤怒还有几许波西米亚的影子，愤青常常把愤怒发展成很"二"的形态。

这样，两人自然合不到一起。

毕业20年，米娅在国外达到了人生的巅峰，哲学老师至今仍孤身一人，已经改了名字，与某种冷血动物有关。

米娅说：与哲学老师的恋爱，其实是与我自己的恋爱。我就是那个哲学家，我就是那个写作家。就像宋庆龄嫁给蒋介石，是为了从政而已。

因为聪明如女人这个物种，是不会停留在用进废退男人这个物种之上许久的。

米娅20年的蜕变，从女孩变成了女人，以米娅的性格和经历，不知在国内，会是什么样呢？

老F终于可以想说啥就说啥了

日前去南京探友、约饭，他说不能出来吃饭。

我就多问了一句："没啥病吧？"

他说刚做完手术。

我吓了一跳："啥病？"

"直肠癌。"

"啥？直男癌？"

"不，直肠癌！"

我沉默了半天，说："你在哪儿？我来看你。"

老F是我多年的好友，业内人士，平时低调。

跟他说话时，看到的是他盯着你听你讲话的眼睛，和总是"好"的回答。

他其实身怀绝技，拜过很多师傅，却总以邻家男孩的身份出现在你面前，张罗朋友的吃喝，担心朋友的住宿，请朋友讲课害怕委屈了朋友的课酬。

老F的博士读了很多年，因为他倔强地要研究右派，这样开题就通不过。

直肠癌在精神分析上，是把太多的愤怒、委屈之类的情绪，都自己承担起来的后果。

可能，老F研究右派，也是和他们有很多认同吧。老F的妻子在国外读书读了5年，两人就分居了5年。回国时介绍给我们，是一个梳着长辫、眼睛极大的女孩。她喜欢谁就搭话，不喜欢谁就不理人。看来我还入她的法眼，每次见面，她就和我聊上几句。

感觉老F是邻家男孩，找了一个邻家女孩。

好不容易妻子回国了，生活安定了，他们就开始策划过日子，生了一个一看就是老F的儿子。

老F喜欢穿汉服、拖布鞋，留一撮小胡子。每当看到这种打扮的老F抱着儿子满足的样子，我就仿佛看见一个得道高僧找到传人的感觉。

去老F家看他时，第一次看到传说中的院子，在市中心，阳光透过树叶照进来，斑驳陆离的样子。老F躺床上接见我。刚做完手术一周，邻家妹子把和我一起来的人挡在外面，说给我特殊照顾，可以被接见。

"看到她情绪稳定我就放心了。"

老F手捂着肚子说："今后我就也有绝招啦！想说啥就说啥。"

他头上是窗子，窗外是院子，院子里有阳光，屋子里有妹妹，肚子里少了些负担，人一如既往地温和。

我觉得这一场病也许救了老F，从此不再顾忌和压抑。

他妻子一迭声地说："怪我，没有照顾好他。"

让人觉得，她也变成了女人。

那些年心心念念过的女老师

刚上大学时，青春期末，雄激素爆棚，从中学的高压和压抑中释放出来大量的能量发泄在体育场上、舞厅里，还有无休止的对一知半解的哲学命题和人类命运的辩论之中，当然，图书馆的书呆子和丈量武汉街道的恋爱狂也可以毫不违和地成为能量释放的两极。

在这些渠道中，带我们这种小班的女老师，其实大不了我们几岁，也毫无疑问地成为男生情愫暗生的对象。

离开青春期的男生或男孩，刚离开家庭，离开心理上仍然亲密的母亲，在恋爱初始，男孩内化的女人形象首先是母亲般的形象。张爱玲在她的小说中写道：

一个男人的一辈子都有这样两个女人，至少两个。娶了红玫瑰，久了，红的便成了墙上的一抹蚊子血，而白的还是"窗前明月光"。娶了白玫瑰，白的便成了衣服上沾的一粒饭黏子，红的却是心口上的一颗朱砂痣。

克莱茵说婴儿内心的母亲有好和坏两种，好的时候就是红玫瑰和白玫瑰，坏起来就是蚊子血和白饭粒。

我们大学第一年是小班制，有两个年长如父亲的大叔带正课，两个如花似玉的刚毕业的女老师带辅课，正课需要一本正经地听讲、理解，辅课则由年轻的女老师和我们软磨硬泡，反复练习，重复默诵。辅课通常是下午精力涣散、意志松懈之时，男生在课上课下显示出天生好动又无法专注的特征，往往下午4点后都是心在操场，身在课堂的状态。两位女老师虽然年轻，严肃显得有些做作，但我们还是能感受到她们的接纳，那种女性的细腻和温和的带有母性的特点。

孟老师和小陈老师都是四川外国语大学德语系出身，两人虽说都来自湖北宜昌地区，但发音却十分标准，后来回忆起来，还有一种北德高地德语的味道（标准德语）。

小陈老师无论在什么时候都是对你尊称Herr（先生），即便这么多年过去了，还是一声Herr，你调皮也好，不认真也好，她叫你的时候是把你当一个成人来看待的。她经常带着微笑，见面总是笑着温和的一声Herr，让你收敛起放肆，她看你时坚定但充满善意的眼神，让人想起比昂的不带诱惑的深情，不带敌意的拒绝的经典语句。

相比而言，孟老师十分漂亮，有点英格丽·褒曼的味道，发音唇齿之间似吐兰香，言辞间偏严肃，不好开玩笑，她转过身其实是不想当着你的面被逗笑，不搭理你透露出你们"小屁孩"的人设，显得高冷而疏离。本来张爱玲的红玫瑰可以用来比作孟老师的，白玫瑰比作小陈老师，现在看来，内心的感觉可能正好相反，小陈老师倒是有一腔热情，见面很热情、很健谈。很遗憾后来听到孟老师的意外，大家还是唏嘘不已。

时隔近40年，中间只在10年前毕业30年庆典时短暂见过一面，今天约在老街，小陈老师到路口时来电话，让老耿去接，老耿接到小陈老师，我这边电话还在响，我赶过去看见老耿已经扶着小陈老师了，小陈老师一脸懵懂，像是被老耿扶着，又像是隐入尘烟中的海清，弱小和无助，头发全白了，我笑着对小陈老师着说，看来认不出老耿，怕被人拐走了才给我打电话吧。小陈老师盯着我看了半天，听出我的声音了，原来，她连我也认不出来了，可是她却没啥改变。小陈老师这才放松下来，开口仍是卡哇伊的熟悉的小女生的声音：你这要是在街上遇见了，我认出你是Herr施才怪呢！

在老师这个行当，最后学生都成了同事和朋友，哪些学生是老师最能记得的，哪些老师是学生最记得的呢？

其实最亲密和难忘的师生关系莫若母婴关系，有人把父母和孩子的关系加以排序，认为最亲密的莫过于母子、父女、母女和父子关系。这种观点认为，母女和父子冲突大于异性父母和孩子的关系，但也反映出孩子对异性父母去性化的更大连接。母女和父子之所以冲突大，是因为成为女人、男人的代价是对方象征性地离开和死去。

现在，当年的大叔般的老师后来变成钱大爷和李大爷离开了我们，孟老师也成了永远的孟老师，只剩小陈老师一头白发在风中凌乱，我们一辈子只能称她为小陈老师。小陈老师说，不是不想把头发染黑，让自己看上去年轻些，而是染后几天开始再次滋生点点白发时，自己更加失落。

但儿子最终要成为男人，认同父亲，女儿最终要成为女人，认同母亲。

最怀念钱老师身上有着母亲般感觉和李老师身上威严的父亲的感觉，让男生感受到了男人的尊严、责任和骄傲，小陈老师和煦般的温柔和孟老师的高冷则让女生感受到了女人的接纳、自重和大爱。

离开大学已经40多年了，再见小陈老师，是为记！

2022.10.1 于莱顿园

同学群里来新人

今天，同学群里进来一个老同学——以前在大学经常一起踢足球的东北大汉，姑且称他为老力。老力是主动加群的，说是当天遇到一件事情，触动了他，使得他要回到集体。

这个小班共43人，群里41人，人基本齐了，一名同学因与群里某些同学观点不同，争论非常激烈，最后自己退群。这次入群的老力以前在大学愿意与人交往，来自东北，待人真诚、热情、大方，有时甚至腼腆，遇重大冲突时息事宁人，同学关系不错。所以他说新入群时我还有点诧异：难道他不是一直在群里吗？

这个小班群里算是比较安静的，但某天某人生日了，总有人记得，于是群里开始热闹起来，一连串的问候和祝福，中间或某些人借机对话；或某人养花草，分享经验；

或学会了新的舞蹈或歌曲，在群里秀一下成果，大家也是赞叹不已。秀宠物也是群里一种交流，秀猫、秀狗、秀鸟，反正看上去都人畜无害。

群里也有秀学术的，但离退休的年龄越来越近，大家对学术有成的同学在真心祝福和称赞之余，基本上是把持深藏功与名、全身而退的态度。

其实孩子和父母是大家可以聊的话题，但因每个家庭、每个人境遇不同，所以只能看各人朋友圈，遇到好事热烈祝贺，有些同学的父母当时在学校都见过，甚至还打过交道，所以谈父母老去和去世的话题也令人唏嘘。

阿力的加入引起了群里的骚动，阿力进群后仍像当年见面那样打招呼，都能够感受到浓浓的东北那旮沓的烤肉味：兄弟，当年一起尿尿的；哥们，一起打球的；老安，咱俩都是左撇子；雪妹子，来东北一锅都是我的……其他人补充道：小越速度快，总跑到球前面去；阿琪罚点球，S形扭屁股，球没进；宣宣姐低价买球衣，我们总算有了自己的队服，还和阿曹设计了队徽，现在看来有些低级……

阿力发了一张他准备款待大家的规格的照片，让人相信，这可能是他的日常。

我记得当年去沈阳时他带我吃的土灶烧鱼，咋都改海鲜、螃蟹、小龙虾了，沈阳啥时候靠海了？

这个群已有很久没这么热闹了，我在想，一定是阿力有什么地方引起了大家的共鸣，才使得大家如此热烈。

阿力还贴上了他的一幅近照，这颇能说明群骚动的深层动机。

图片里显示阿力特别帅气的扮相，在某风景秀丽的地方，阿力着轻奢运动装与全身粉白的"忍者神龟"合影。阿力身材颀长，动作舒展，没有神龟的啤酒肚，在晚夏的阳光下，一副青春无敌的模样。

在大学里以及以后的工作初期，女孩的成长和选择总会比男孩要显成熟，她们会选择年长几岁的男性，现实中，学长的社会经验和学识可能都长于乳臭未干的学弟。从内心来看，也有女儿对父亲的崇拜情结，或者妹妹对哥哥的爱慕情结。从深层看，一个成熟和有技能的男人能够保障女人的安全，能够给家里带来食物，当然，就能够托付给他去生子繁衍，建立家庭。

可是，长大变老的男人会无趣、油腻和现实，生活使得他们变得冷酷和缺乏情感，很多家庭裂隙由此而生。

不过，有些男孩仿佛长不大一样，他们首先是驻颜，几十年过去，你看到他，就觉得自己老了，因为他几十年不变，你能够通过他想起过去的你以及你的过去。其次，他的行为不变，热情、大方，记得过去和每个人交往的细节，并且，触动你的点是你忘记已久但归来仍是少年的心境。

永恒少年的概念由荣格和他的学生冯·法兰兹提出，意思是一个人过了25岁仍保有青春的特质，就可以算永恒少年，它直接指向一个内在关系——母亲情结。但永恒少年并不是"妈宝男"，成天待在家里啥事不做。相反，永恒少年有热情待人、主动探索和积极向上的特质，常常游历世界，阅历丰富，健谈且容易招女人喜欢，缺点就是不爱做宅男，因此经常神龙见首不见尾，好玩，兴趣广泛。

对于女孩来说，虽然向上有父女情结和哥哥情结，但每个女人内心都有一个母亲原型，还有一个姐姐原型，那就是遇到小男生，就会心生怜惜之情，想去照顾和引领，当然，还有控制的成分，一个被照顾者，也是一个被控制者。当初，那些追风少年们变成油腻大叔乃至大爷之时，贾宝玉、唐璜或者阿喀琉斯以阿力的化身再现，群里的骚动既吹响了一曲青春的挽歌，又让大家爆燃了内心中永恒少年、少女的引线。

在每个人的内在里，阿力作为一副药引子和一种意象，刹那间，无数个许文强、丁力、令狐冲、靖哥哥、虚竹、段誉从你眼前草泥踏蹄而来，无数个翠花、小芳、阿莲、阿楚、阿红长袖善舞，婀娜多姿飞驰而去。

一个女孩在谈到她对初恋男孩的思念时，说梦里只有一句话：至今思项羽，不肯过江东！

入校30年大家有聚，入校40年因疫情，无法再聚，是为记！

2022.8.31　于荔波小七孔

寄长情／不思量，自难忘

女大十八变

　　十几年前，我到泸沽湖旁边的温泉乡从事文化精神分析的田野调查，每年春节前后在村子里待上几周，因为当地人不会讲汉语，次丽是我的小翻译。次丽当时读高一，她可以讲不流利的汉语，于是我们到哪里她就陪我们去哪里，平素很少说话。

　　我们的工作是调查当地每户家庭的人员结构，很多四代同堂，由于温泉乡也是摩梭人的居住点，所以他们保留着母系社会的特点，即家里大事由能干的、有威望的女性担任。

　　次丽的全名叫次丽那姆，她也带我们去她家，当时她母亲正在主事，很热情地招待我们。次丽还有一个弟弟，长得具有康巴汉子的帅气，小伙子很腼腆。屋里还有一个男性，应该是舅舅，但男性一般坐一侧，很少讲话。只记得屋外有一棵大树在园子中央，一条狗拼命地吠叫，围着树打圈，次丽说，狗很凶，一般都圈着。

次丽有个好朋友叫卓玛，她已经结婚生子，卓玛和她母亲从几代同堂的家里搬了出来单独住，在她们居住的地方看得到格姆女神山，中间是广袤的田野，还有几座连绵的大山，可以看到阳光照射下熠熠发光的溪流，白天男人就在田野上放马。

其实就是把马一放，坐在田野里架起水壶，舀好溪水烧着，在地下生起火把土豆焖着，过一会儿就摸出来吃，撒上盐和辣椒，好吃极了。不时用不同的声音发出啸鸣，我问他在干吗，他说，赶马，不然马吃别人田里的庄稼，不同的声音让它们以为有不同的人在监视着它们。

"一晃15年过去了，这次进藏，从丙察察回来，经过云南，于是萌生了再去温泉乡的念头，看看次丽变成什么样了。"

次丽家没人，说是村里有白事，家人去参加葬礼去了，次丽则嫁人了，回了婆家，这让我更加好奇，走婚的习俗一般女儿是待在自己娘家的。通过别人要到次丽的联系方式，她告诉了我地址，我们一路摸索到了她的婆家。原来，她们正住在格姆女神山下。次丽的丈夫是她初中同学，是当地的赤脚医生，他说，现在摩梭的年轻人也结婚，而且汉语说得很好，我发现次丽的汉语比当年流利很多，她说她读了大学，而且外出过一年做事，所去的地方就是武汉。

次丽生了两个孩子，一个在襁褓里，还有一个3岁，她在家带孩子没上班，等孩子大一些以后，她还是要上班的。比较十几年前的次丽，她身高已到175厘米，她说弟弟身高190厘米，她显得从容、自信、开放，真正长成了一个大姑娘。我问卓玛在哪儿，她说就在泸沽湖工作。

以前介绍我们来从事调查的老村长已经不在了，但次丽们已经融入了社会，为人妻、为人母，而我们，也老了！